**Carolin Held**

# Tortured

## When Memories are Hunters

**Carolin Held**

# Tortured

## When Memories are Hunters

Herstellung und Verlag:
BoD – Books on Demand, Norderstedt

ISBN: 9783757807177

## Kapitel 1

Die Tür fällt – nein, kracht – hinter mir ins Schloss und in einer einzigen Bewegung pfeffere ich meinen Rucksack in die nächste Ecke und lasse mich mit dem Rücken auf mein Bett fallen. Ich seufze. Atme. Einmal. Zweimal. Dann richte ich mich wieder auf. Schlüpfe aus meinen Schuhen, kicke sie in ihre Ecke und ziehe auch die Jacke aus. Dann lasse ich mich sofort wieder in die Kissen sinken und starre an die Decke.

Immer, wenn ich zur Ruhe komme, ist der Gedanke an dich sofort da. Selbst in dieser fremden Stadt, in der ich so weit weg von dir bin wie es mir möglich erscheint. Bielefeld. Ich schnaube leicht. Bielefeld gegen Bochum. Das ist nicht weit genug.

„Kuscheln?" Ich weiß genau, dass du nicht wirklich da bist, und trotzdem drehe ich meinen Kopf nach rechts, um dem Klang deiner vermeintlichen Stimme zu folgen.

„Lass mich in Ruhe", murmele ich.

„Du willst in meinen Arm", antwortet die Halluzination, die ich in Gedanken immer „deinen Geist" nenne. Dein Geist liegt seitlich, den Kopf auf der Hand abgestützt und sieht mich beinahe herausfordernd an.

Ich richte mich wieder auf. „Lass mich in Ruhe", wiederhole ich und denke nicht zum ersten Mal, dass meine Nachbarn mich für bekloppt halten müssen. Was ich wahrscheinlich auch bin. Schließlich kann ich mich nicht dagegen wehren – ich rede mit der Luft.

Er – dein Geist – will gerade vorstürzen, einen kurzen Augenblick lang kann ich etwas in seiner Hand aufblitzen sehen, da rettet mich das Klingeln meines Handys und er verschwindet. Kurz bin ich zusammengezuckt, dann bin ich wieder allein in meiner 1-Zimmer-Wohnung. Schnell öffne ich die Nachricht auf meinem Handy, die den Gedanken an dich und damit auch deinen Geist vertrieben hat. Die Nachricht ist von Jonas – er ist der erste, der mich nach dir berühren durfte… so… richtig. „Training fällt aus. Bin heute Abend zu haben. Kommst du vorbei?"
Darauf konnte er aber Gift nehmen.

Der Wecker braucht nie lange, um mich wach zu bekommen. Ein Klirren und ich öffne die Augen. Jonas' Körper drückt sich von hinten gegen meinen, seine Arme sind fest um mich geschlungen. Ich winde mich leicht, strecke einen Arm aus, um nach meinem Handy zu greifen und den Wecker auszuschalten. 9:45 Uhr.
„Hmmmm", gibt Jonas ein schwaches Lebenszeichen von sich, während ich mich schon aus seiner Umarmung schäle und im Bett aufsetze. „Guten Morgen", sagt er schlaftrunken.
„Guten Morgen", antworte ich, stehe auf, drehe mich zu ihm um und drücke ihm einen Kuss auf den Mund. „Ich muss zur Uni."
Jonas öffnet die Augen und blinzelt mich ein paar Mal an. Dann greift er nach meinem Handgelenk und zieht mich zu sich. Ich lache kurz, bevor ich ihn noch einmal küsse.

Noch einmal. Seine Lippen werden fordernder, während seine Hand von meinem Handgelenk in meinen Nacken wandert und mich dort so festhält, dass ich kaum zurückweichen kann. Kurz überkommt mich ein Schauer. Dann stemme ich mich gegen die Kraft, die er in seiner Hand aufwendet und schließe meinen Mund. „Ich muss zur Uni", wiederhole ich.

Jonas lacht kurz, seine Stimme klingt tief und rau. „Nur kurz, Car", haucht er und spätestens, als er meinen Namen sagt, mit dieser verdammt unwiderstehlichen Stimme, gebe ich nach.

Car – der Name, mit dem ich mich inzwischen vorstelle. Nicht mehr Ricarda. Du hast mich immer nur beim vollen Namen genannt. Und jetzt hasse ich es, wenn Leute das tun. Car – das klingt so viel schöner. So viel echter.

Innerhalb von einer Sekunde hat Jonas mich dazu gebracht, auf ihm zu knien, nur um mich dann mit einem Ruck auf den Rücken unter ihn zu befördern. Beide meine Handgelenke landen übereinander gekreuzt über meinem Kopf und in einer Schlinge, die am Kopfende befestigt wird. Die Bewegungen passieren schnell und eingeübt.

Genau das liebe ich so an Jonas. Ich liebe nicht *ihn* – nicht so, wie ich dich geliebt habe. Er ist nicht mein Freund. Ehrlich gesagt... ist er vielleicht nicht mal wirklich *ein* Freund. Er ist nur... dominant. Kräftig. Männlich. Jemand, dem man sich hingeben kann. Und jemand, der trotzdem aufpasst. Ein Wort von mir und meine Hände wären befreit und ich im Bett allein – oder in seinen Armen, je nachdem, was ich gerade benötigte. Nicht, dass es dazu schon einmal gekommen wäre. Mit mir kann er gnadenlos umgehen. Meine eigenen Grenzen sind schon vor langer Zeit hoffnungslos überschritten worden – da gibt es nichts mehr, was Jonas kaputter machen könnte, als es ohnehin schon ist.

Als Jonas die Schlinge um meine Hände wieder lockert und ich sie herausziehen kann, ist auf meinem Gesicht ein breites Lächeln. Wunderschön. Mit ihm ist es immer einfach nur wunderschön. Zwanglos und einfach. Und der Beweis dafür, dass mein Körper funktioniert, wie er soll.

Jonas liegt neben mir und will mich zu sich ziehen, aber ich winde mich aus der Umarmung. „Nee, kein Kuscheln mehr", sage ich, „Uni. Echt jetzt. Ich bin eh schon zu spät."

Jonas zieht einen Schmollmund, weshalb ich ihm noch einmal einen schnellen Kuss aufdrücke. „Nächstes Mal", verspreche ich, springe vom Bett auf und sehe mich suchend um. „Hey, irgendeine Ahnung, wo mein Höschen hingekommen ist?"

Ich komme natürlich zu spät zu meinem Seminar, was in der Uni allerdings keinen interessiert. Immerhin wohnt Jonas direkt neben der Uni, sodass ich nicht mehr allzu weit laufen muss. Ihn habe ich übrigens genau hier kennengelernt, auf einer Party meiner Fachschaft. Ich lasse inzwischen keine Party mehr aus. Wieso auch, wenn die Alternative doch nur darin besteht, mit deinem Geist zu debattieren, ob du nun ein schlechter Mensch bist oder nicht? In der Bewegung ist dein Geist nicht da. Vielleicht ist mein Stundenplan deshalb auch in diesem Semester vollgestopfter als in jedem davor. Und vielleicht sind deshalb auch die Noten der Hausarbeiten und Klausuren am Ende des letzten Semesters trotz des doch sehr plötzlich kommenden Stadtwechels und des ständigen Ausgehens so gut ausgefallen. Lernen hält meine Gedanken auf Trab. Und jeder Gedanke, den dein Geist nicht infizieren kann, ist gut.

An diesem Tag habe ich drei Seminare, die sich alle hintereinander anreihen. Ich studiere Sozialwissenschaften und das inzwischen im vierten Semester, obwohl ich für die Fülle meines Stundenplans schon vorgesehene Inhalte des fünften Semesters vorgreife. Ich habe im letzten Monat meinen einundzwanzigsten Geburtstag gefeiert. Natürlich groß mit allen Bekanntschaften, die ich in Hannover gemacht habe – inklusive Jonas. Jonas. Mein Mundwinkel zuckt leicht nach oben bei dem Gedanken an ihn. Er hat mich damals bei dieser Party ziemlich schnell überzeugen können, danach mit zu ihm zu gehen, statt mich noch in die Bahn zu setzen und zurück in meine eigene Wohnung zu fahren. Zugegebenermaßen hatte er es leicht – ich war gerade erst umgezogen – fort von dir. Dein Geist hatte so vehement auf mich eingeredet, dass du sowieso für immer der einzige für mich bleiben würdest, dass ich mehr aus Protest als aus eigenem Interesse an Jonas auf diesen einging.

„Das war zu früh", sagt dein Geist, „du willst nur mich, gib es zu."

*Verschwinde,* antworte ich in Gedanken, denn ich weigere mich, laut mit ihm zu reden, solange ich mich unter Menschen befinde. In der Uni kommt es sicher nicht gut, wenn man plötzlich anfängt, mit der Luft zu streiten. Ich bewege leicht den Kopf hin und her, als sein Atem über meinen Nacken streift. Ich hasse dieses Gefühl so sehr. Er ist nicht echt! Ich weiß es so genau und doch ist er… so real. Angestrengt lausche ich wieder meinem Dozenten, hebe die Hand und lege meine Meinung zu dem Text ab, den wir zur Sitzung vorbereiten sollten – was ich natürlich getan habe. Und mit dem Klang meiner eigenen Stimme kann ich der deines Geistes erneut entgehen.

„Kann ich vorbeikommen?", schreibe ich Jonas nach dem letzten Seminar meines Tages. Es ist sechzehn Uhr und ich habe die jeweiligen halbstündigen Pausen zwischen den Veranstaltungen dafür genutzt, Texte für die Seminare des übernächsten Tages vorzubereiten. Die für den nächsten Tag sind bereits alle gelesen und somit bleibt mir keine Beschäftigung mehr übrig, die wertvolle Ablenkung bedeuten könnte.

„Bin noch arbeiten", antwortet Jonas innerhalb von Sekunden. „Kannst du bis heute Abend warten?" Dazu ein Kuss- und ein Auberginen-Emoji.

„Wann?", antworte ich.

„19 bei dir?"

Ich seufze, dann stecke ich das Handy in die Tasche. Ich kann jetzt schon sagen, dass ich eine Panikattacke bekommen werde, die sich gewaschen hat, wenn ich es wage, die Uni zu verlassen. Noch halte ich mich in der Haupthalle auf.

„Car!"

Ich kann nicht sofort sehen, wer – ungefähr zehn Minuten später, in denen ich mich einfach nicht von der Stelle bewegt und beschäftigt wirkend auf den Sperrbildschirm meines Handys gestarrt habe – meinen „neuen" Namen ruft, aber ich danke im Stillen Gott – oder an welche übermenschliche Macht auch immer ich glaube – dafür. Dann sehe ich suchend auf und registriere, dass Justin auf mich zukommt. Ihn kenne ich von einer Wohnheimparty in dem Gebäude, in dem auch Jonas wohnt. Mit Justin und ein paar anderen bin ich schon öfters zum Karaoke in die Stadt gefahren, Jonas selbst ist höchstens einmal dabei gewesen – er steht nicht wirklich auf diese Art von Veranstaltungen. Wenn ich so darüber nachdenke, steht er eigentlich gar nicht wirklich aufs Feiern gehen... auch die Fachschaftsparty damals ist eine Ausnahme gewesen. Vielleicht liegt das am Alter... Jonas studiert zwar noch, aber mit achtundzwanzig ist er doch ein paar Jährchen älter als ich.

„Car?", diesmal ist Justins Aussage weniger ein fröhlicher Ausruf, sondern eher eine verwunderte Nachfrage. Kein Wunder – ich bin schließlich mal wieder total in meine

Gedanken verfallen. „Hey!", antworte ich jetzt fröhlich. „Na, hast du schon Feierabend?"

Justin wiegt den Kopf in einer Bewegung hin und her, die gleichzeitig Nicken und Kopfschütteln sein könnte. „Ich hatte gerade meine letzte Vorlesung für heute, aber Feierabend hab ich noch nicht. Ich wollte noch in die Bib gehen, ein paar Übungen aufarbeiten. Aber cool, dich mal wieder zu sehen. Was machst du so?"

„Dasselbe wie immer", erwidere ich mit einem schiefen Grinsen und einem Schulterzucken. „Studieren, lernen, mehr studieren, Party und bei Jonas abhängen."

„Ist das jetzt was Festes?", fragt Justin.

„Nichts Festes", antworte ich wahrheitsgemäß, „wird es auch nicht. Wir verstehen uns im Bett, aber Liebe wird das sicher nicht mehr."

Womit ich recht habe. Ich bin mir nicht mal mehr sicher, ob ich das Wort „Liebe" überhaupt jemals wieder verwenden werde. Denn für dich ist es im selben Moment gestorben, in dem das Messer an meiner Ader lag. Im selben Moment, in dem auch ich gestorben bin… Aber für jeden anderen außer dir ergibt es einfach keinen Sinn.

„Sollen wir uns mal wieder beim Karaoke treffen?", wechsele ich ruckartig das Thema. Karaoke und Feiern – ganz mein Lebensstil, nach meinem neuen Motto: Selbst die Hölle kann Spaß machen.

„Gerne!", antwortet Justin sofort. „Morgen ist doch wieder Karaoke im Irish Pub, oder? Ich frage Kathi und Luis, ob sie mitkommen wollen." Das sind seine zwei Mitbewohner.

„Abgemacht", meine ich, dann stehe ich auf, damit wir uns zur Verabschiedung umarmen können. Als Justin in Richtung Bibliothek verschwindet, schaue ich ihm verdrossen hinterher. Mit seinem Fortgang steht dem Auftritt deines Geistes endgültig nichts mehr im Wege.

## Kapitel 2

Der Schrei findet im selben Moment den lang ersehnten Weg aus meiner Kehle, in dem ich die Tür hinter mir zustoße. „Hau ab!", brülle ich und der Klang meiner eigenen Stimme jagt mir einen Schauer über den Rücken. Ich beginne, in dem beengten Raum meiner Wohnung auf und ab zu laufen. Meine Schuhe bleiben dabei an… genau wie meine Jacke. Ich habe keine Zeit, anzukommen. Ich habe nicht mal Zeit, zu atmen. Der Atemhauch, den ich an meinem rechten Ohr spüre, ist nicht echt und doch fahre ich herum, schlage rudernd mit meinen Händen durch die Luft und schreie schrill und grell wie ein verängstigtes, geschlagenes Kind. „Du sollst weggehen!"

„Du weißt, dass ich gehen würde, wenn du es wirklich wolltest", pfeift dein Geist, zuckt lässig mit den Schultern und sieht mich spitzbübisch an. „Du willst mich. Sonst wäre ich nicht hier."

„Ich will nicht dich." Jedes einzelne dieser Worte klingt, als würde ich ihm damit ins Gesicht spucken wollen. „Ich will vielleicht Benno, aber ganz sicher nicht dich."

„Ich bin das Beste, was du bekommen kannst."

„Nicht gut genug!", brülle ich.

„Ich bin nicht anders als er."

„Das bist du sehr wohl! Du bist… du bist…"

„Ich bin was?" Wieder zückt dein Geist sein geliebtes Messer und wirbelt es in seiner rechten Hand herum. „Ist es nicht das, womit ich dich verletzt habe?", fragt er.

„Nicht du", insistiere ich und höre endlich auf zu schreien. Meine Stimme bringt nur noch Flüstern hervor, sobald das Messer zu sehen ist. Als hätte ich zu viel Angst, laut zu sprechen. Als würde er mir sonst weh tun. Als *könnte* er das überhaupt. Hallo, er war verdammt nochmal nicht echt!

Im Gegensatz zu deinem Geist hast du mich nie mit einem Messer bedroht. Weil du kein schlechter Mensch bist. Du hast nur einen Unfall gebaut.

„Hm, er… ich", dein Geist wiegt den Kopf hin und her. „Ricarda, ich verspreche dir – da gibt es keinerlei Unterschied."

„Oh doch", wispere ich.

Dein Geist breitet die Arme aus: „Ich kann dich auch in den Arm nehmen", erklärt er, „ich kann für dich da sein. Du kannst alles haben, was du immer wolltest."

Unwillkürlich weiche ich zurück, Tränen laufen jeder Kontrolle entzogen über mein Gesicht. „Nein", wispere ich. „Du bist nicht er. *Du* bist schlecht. *Er* ist es nicht. Er ist nicht…" Ohne es bewusst zu steuern streicht meine linke Hand über die dünne Narbe an meinem rechten Handgelenk. „Er ist nicht schlecht…", flüstere ich weiter, obwohl die vernarbte Haut eine ganz andere Geschichte erzählt.

„Jetzt lass dich verdammt nochmal umarmen", zischt dein Geist. Es klingt wie eine Drohung. Meine Hände sinken. Ich laufe noch einmal an der Küchenzeile auf und ab. Ich öffne Schubladen, schlage sie wieder zu. Laufe durch deinen Geist hindurch in der Hoffnung, ihn zu vertreiben. Aber er weicht aus, ist nicht erreichbar... er ist wie eine gottverdammte echte Person. Ich versuche mich daran zu erinnern, dass er mir nichts tun kann. Dass ich hier sicher bin, weil ich nicht einmal mehr in derselben Stadt bin wie du, aber nichts funktioniert.

„Genug!", brüllt dein Geist, „dann lass dir halt nicht helfen, du bist meine Hilfe ohnehin nicht wert!" Er stürzt auf mich zu, noch immer das verfluchte Messer in der Hand, die Miene wutverzerrt verzogen, mit noch irgendeiner anderen Emotion, die sich darunter verbirgt... Verzweiflung.

Wieder schreie ich. Keine Worte, sondern pure Angst. Und genauso abrupt, wie ich damit angefangen habe, höre ich damit auch wieder auf, weil etwas anderes meine volle Aufmerksamkeit auf sich zieht – scharfer Schmerz an meinem rechten Arm. Im selben Moment, in dem meine Augen die schmerzende Stelle fixieren, verschwindet dein Geist – löst sich einfach in Luft auf, als wäre er nie hier gewesen. „Oh, scheiße", fluche ich leise. Ich habe ein Fleischmesser in der linken Hand. Es fällt genauso klirrend zu Boden wie dein Messer damals, ich zucke kurz zusammen, rufe mich dann zur Besinnung. Ich darf mich jetzt nicht ablenken lassen – ich blute. Die Wunde ist nicht tief – zum Glück. Sogar weniger tief als die ursprüngliche. Sie ist weder lebensbedrohlich noch wird sie eine tiefe Narbe hinterlassen und doch ist sie beängstigend genug. Ich reiße die Schublade auf, in der ich alles Medizinische aufbewahre, öffne eine Wundauflage, drücke sie auf den Schnitt an meinem Unterarm und beginne, einen Verband darum zu wickeln. Für den Moment bin ich allein. Die Beschäftigung sowie der Schmerz sind Freunde, die dafür sorgen. Und doch will ich nicht auffassen, was gerade passiert ist. „Er kann mir nicht weh tun", murmele ich leise vor mich hin, was ich mir immer und immer wieder sage, wenn dein Geist auftaucht. „Von wegen." *Er* kann es zwar nicht, aber offensichtlich kann er *mich* dazu bringen. Ich habe bereitwillig seinen Job übernommen und es nicht einmal bemerkt. Verdammt, wann habe ich nach dem verfluchten Messer gegriffen?! Sobald mein Arm verbunden ist, greife ich nach dem Tablettenblister mit dem Neuroleptikum, das mein Hausarzt mir angedreht hat. Er möchte gerne, dass ich es jeden Tag nehme. „Ein ganz harmloses Mittel zur Beruhigung", hat er gesagt, „so, wie Sie aussehen, mehr als angebracht."

*So, wie ich aussehe.* Ich schnaube erneut leicht, als ich an meinen Arzttermin zurückdenke, der nur wenige Tage nach unserer letzten Begegnung stattgefunden hat. *Ihr braucht nicht so zu tun, als würde ich mich ohne Medikamente gleich umbringen,* hätte ich ihm am liebsten an den Kopf geworfen, *ich will ja leben. Nur eben… nicht so.* Aber ich bin stumm geblieben. Und nehme meine

Medikamente so gut wie nie. Wenn ich sie nehme, habe ich das Gefühl, unter Wasser zu sein. Mir wird dann alles so… komplett egal und ganz ehrlich, da ist mir jede Diskussion mit deinem Geist lieber. Außerdem bin ich dann kaum mehr in der Lage, irgendwas zu tun… dieses verdammte Mittel macht so elendig müde. Doch jetzt spüle ich dennoch eine Tablette mit Wasser hinunter. Es geht nicht anders. Heute ist dein Geist einfach viel zu dominant. Ich bleibe noch einen Moment reglos stehen, bevor ich mich wieder zu Bewegung in der Lage fühle. Diese absolute Stille um mich herum fühlt sich befreiend und gleichzeitig tödlich an. Einen kurzen Augenblick denke ich an meine alte Wohnung in Bochum zurück. Die, die wir gemeinsam bewohnt haben. Die mir so viel mehr bedeutet hat als das schlichte einsame Ding, in dem ich jetzt hause. Wirklich viel Zeit verbringe ich ja ohnehin nicht hier. Ich schüttele den Kopf, um diese alten Bilder zu vertreiben und entsperre mein Handy. Inzwischen ist es immerhin schon 17 Uhr, ich muss also nicht mehr viel Zeit totschlagen, bis Jonas endlich auftauchen wird.

Ich entscheide mich als letzte Beschäftigung für Sport. Also zuallererst trinke ich natürlich einen halben Liter Cola, um der müde machenden Wirkung der Medizin entgegenzuwirken und dann gehe ich raus, um ein paar Kilometer zu joggen. Als wir uns noch kannten, hasste ich es, zu joggen. Jetzt ist das anders. Die Luft tut gut. Das schmerzende Seitenstechen tut gut. Genau wie die laute

Metal-Musik, die ich dabei in meine Ohren dröhnen lasse. Ebenfalls kein Musikgeschmack, den du von mir kennst. Aber die einzige Musik, die auch nur die Chance hat, die Stimme deines Geistes zu übertönen. Ein Blick auf die Fitness-Uhr und ich stelle fest, dass ich doch tatsächlich ein wenig die Zeit vergessen habe. Jonas könnte jeden Augenblick auf den Vorhof meines Gebäudes biegen, besser ich beeile mich. Als ich um die letzte Straßenecke biege, pralle ich tatsächlich fast mit ihm zusammen. Ich stöpsele die Kopfhörer aus meinen Ohren und grinse den noch immer etwas erschrocken aussehenden Jonas breit an: „Hey, sorry, hab die Zeit vergessen!"

Jetzt lächelt Jonas endlich doch. „Schon gut, noch war ich ja nicht bei dir angekommen." Wir umarmen uns kurz und gehen dann das restliche Stück bis zu meiner Wohnung nebeneinanderher. Dabei sieht mich Jonas ein wenig misstrauisch von der Seite an: „Alles okay bei dir?"

„Bei mir?", wiederhole ich etwas zu laut und etwas zu schrill. Ich räuspere mich: „Natürlich. Alles in Ordnung. Wie kommst du drauf?"

Er zuckt leichthin mit den Schultern: „Vielleicht werde ich einfach misstrauisch, sobald du freiwillig Sport machst."

Ich pruste leicht und schubse ihn spielerisch. „Was soll denn das heißen?"

„Naja, ausgenommen Tischtennis natürlich. Aber joggen – du?"

Tischtennis ist mein Sport. Das ist er schon mit zwölf gewesen und das ist er Gott sei Dank auch über dich hinweg geblieben. Aber daneben ist so vieles dazugekommen – wie joggen. Es ist eigenartig, dass Jonas es mir nicht zutraut, eigentlich kennt er mich ja nur mit dem Joggen. Schließlich kennt er dich nicht. Und damit auch nicht mein altes Ich. Also ich meine, natürlich *weiß* er von dir. Jeder weiß von dir, weil mein Mund nicht anders kann, als die Worte immer wieder rauszubringen. Als müsse ich sie selbst hören, um zu wissen, dass es real ist. Jemand fragt: „Weshalb hast du die Stadt gewechselt?" Und ich antworte vollkommen im Reflex und ohne jede Emotion: „Oh, meinem Ex ist das Küchenmesser ausgerutscht." Und dann lege ich immer meine Hand über die Narbe, als wäre die zu sehen für andere dann doch zu viel des Guten. Dennoch hat Jonas keine Ahnung davon, wer du für mich warst. Und dass du mehr warst als... das. Du wirst viel zu leicht abgestempelt, Benno. Sie halten dich für ein Arschloch. Und wahrscheinlich bist du das sogar, nicht wahr? Schließlich hast du nie wieder mit mir gesprochen... aber ich... ich *kenne* dich. Du bist gut. Doch ich habe inzwischen endgültig aufgegeben, das Menschen erklären zu wollen. Niemand versteht das... offensichtlich tue das nicht einmal ich selbst so wirklich.

Dennoch sieht Jonas vielleicht einfach mehr, als ich mir selbst eingestehen will. Oder vielleicht ist es selbst für Fremde offensichtlich, dass ich im Moment nicht *ich* bin – nicht das Original. Auch wenn ich das nicht hoffe. Meine Scharade gefällt mir eigentlich ganz gut.

Ich schüttele den Kopf, finde zurück in die Gegenwart. Jonas hat mir eine Frage gestellt, aber ich weiß nicht mehr so richtig, welche es war. Also greife ich statt einer Antwort nach seiner Hand und ziehe ihn hinter mir her in das Gebäude und in den ersten Stock hinauf, wo meine Wohnung ist. Dort lasse ich die Tür hinter uns zufallen und ziehe ihn zu mir, schlinge meine Arme um seinen Hals und fange an, ihn zu küssen, während ich noch damit beschäftigt bin, die Schuhe von meinen Füßen zu kicken und rückwärts in Richtung meines Bettes zu wandern. Damit scheine nicht nur ich Jonas' Frage vergessen zu haben, denn auch er stolpert hinter mir her, entledigt sich dabei Jacke und Schuhen und versetzt mir, beim Bett angekommen, den letzten Schubs, der mich lang auf den Rücken darauf befördert, bevor auch er sich auf mich stürzt. Sofort steigt ein stöhnendes Lachen in meiner Kehle auf. Es ist unglaublich, wie sehr dieser Mann mich dazu bringt, mich so vollkommen frei zu fühlen. Jetzt kann dein Geist mir nichts anhaben, es ist, als wäre er überhaupt nicht existent. Ich richte meinen Oberkörper auf und strecke die Arme nach oben, sodass Jonas mir das langärmlige Sportoberteil ausziehen kann. Dann hält er einen Moment inne. „Was ist?", frage ich flüsternd, klammere mich mit den Händen in seinem Nacken fest und versuche, seine Lippen zu meinen zu ziehen. Er blinzelt kurz, fixiert mit seinen Augen schließlich wieder meine statt eines Punktes links davon, den ich in der kurzen Zeit nicht genau bestimmen konnte. „Nichts", antwortet er und seine Lippen verziehen sich zu einem hämischen Grinsen, dann presst er in einer blitzschnellen Bewegung seine Hand gegen meinen Hals und drückt mich zurück ins Kissen. Ich stoße scharf die Luft aus und grinse ihn herausfordernd an. Dann senkt er endlich seinen Oberkörper und küsst mich mit einer Leidenschaft, die drohen würde, mir den Atem zu rauben – würde das sein Griff nicht schon längst auf die bestmögliche Art tun.

Jonas fällt keuchend neben mich aufs Bett, wir beide atmen schwer und es ist mir unmöglich, das Lächeln von meinem Gesicht zu wischen. „Hmmmm", mache ich, drehe mich auf die Seite und küsse ihn, „schöööön."

Jonas lacht leise und schiebt seinen Arm unter meine Taille. Ich lege meinen Kopf auf seine Brust und schließe die Augen. Ich genieße ein paar Momente Sicherheit. Sie sind in meinem Leben zu flüchtig geworden.

Nach ein paar Minuten räuspert sich Jonas, weshalb ich den Kopf hebe und ihn fragend ansehe. „Was…", fragt er zögernd, „was hast du eigentlich am Arm?"

Ich blinzele überrascht, dann schüttele ich über meine eigene Dummheit den Kopf. Was hatte ich erwartet? Dass er ignorieren würde, dass ich von einem Tag auf den nächsten einen Verband um den Unterarm trug? Ich seufze, richte mich auf und wickele den Verband ab. Das Blut um die Wunde herum ist verschmiert und lässt den Schnitt schlimmer aussehen als er ist, also befeuchte ich mit meiner Trinkflasche ein Taschentuch und wische einmal darüber. Die Wunde glänzt rot, aber sie blutet nicht mehr. Und sie ist höchstens vier Zentimeter lang. Jonas sieht mich besorgt an. „Warst du das?"

Ich zucke mit den Schultern, „es wird wohl kaum Benno gewesen sein, der wohnt nicht hier", antworte ich dann trotzig, „und noch ein verrückter Ex ist mir bisher nicht untergekommen. Oder möchtest du dich vielleicht einreihen?"

„Car…"

Ich kneife die Augen zusammen und lasse den Kopf in den Nacken fallen. „Ich weiß", flüstere ich, „du weißt, dass das noch nie passiert ist. Das war ein dummer Ausrutscher."

Jonas lässt mich nicht aus den Augen, sein Blick ist besorgt. „Wieso schreibst du mir nicht, bevor dumme Ausrutscher passieren?"

„Wir waren doch eh schon verabredet, ich musste nur…", *durchhalten,* beende ich den Satz in Gedanken, *Dampf ablassen, Benno überleben.* Schließlich lasse ich den Satz unvollendet und schüttele den Kopf, „Das war ein Impuls, nichts weiter. Ich konnte es nicht ahnen."

„Du würdest es mir sagen, wenn es ernster wäre, oder?"

„Natürlich." *Nicht.*

Einen kurzen Augenblick lang sieht Jonas mich weiterhin besorgt an. Dann zieht sich sein rechter Mundwinkel zu cincm kleinen Lächeln nach oben. „Komm her", murmelt er und zieht mich wieder an sich.

## Kapitel 3

„Und als nächstes singt für euch", schallt es laut und kaum verständlich aus den Boxen, „Oh Gott, ich hoffe, ich spreche das richtig aus! Car!"

Ich blicke zur Bühne, wo sich die Moderatorin mit dem Mikrofon in der Hand suchend umschaut und blinzle überrascht. Ich hatte meinen Namen jedenfalls nicht aufgeschrieben. Luis brüllt neben mir vor Lachen und stößt mich in die Seite, damit ich aufstehe. „Was singe ich denn?", rufe ich ihm gegen den Lärm klatschender Hände zu. „Wirst du sehen!", ruft er zurück. Ich schüttele lachend den Kopf und gehe zur Bühne, wo die Moderatorin erleichtert lächelt. „Car singt für euch – uh – Demi Lovato! ‚Really don't care'!"

Ich lache auf und rolle gleichzeitig mit den Augen, nehme das Mikro entgegen und suche Luis' Blick. Als ich ihn gefunden habe, schüttele ich theatralisch den Kopf, so nach dem Motto: „Ich bringe dich um." Er lacht bloß und schreit mir Jubel zu. Ich singe scheußlich. Was kein Wunder ist, schließlich muss man schon ziemlich idiotisch sein, um sich an Demi zu wagen – genau wie an Céline Dion oder Rammstein. Aber ich habe Spaß. Ich liebe dieses Lied und bin irgendwie fasziniert davon, dass das Luis in Erinnerung geblieben ist. Ich weiß noch, dass ich an einem anderen Abend mal lauter mitgegrölt habe als bei jedem anderen Song, als jemand anderes hier oben stand und performt hat. Egal, ich bin mir sicher, dass ich eine tolle Show abliefere – das Selbstbewusstsein ist auf jeden Fall da, nur eben die Gesangsfähigkeiten nicht. Und nachdem ich den Applaus abgewartet habe und von der Bühne zurück zu meinem Platz laufe, hält mich ein Mann – wahrscheinlich nochmal gute zehn Jahre älter als Jonas, aber nicht schlecht aussehend, das muss ich zugeben – mit wenig Druck am Arm fest und grinst mich an. „Die beste Sängerin heute Abend", sagt er und lässt meinen Arm dabei schon wieder los.

Ich lache. „Das bezweifle ich, aber vielleicht die am besten verpackte Blamage."

„Oh, ein selbstbewusstes Auftreten ist schon die halbe Miete und der Gesang ist dann nur noch Übungssache", erwidert der Mann, „vielleicht übt man mal zusammen?"

„Vielleicht…", entgegne ich, klimpere mit den Wimpern und ziehe lässig die Schultern hoch, „…wenn man sich mal wieder hier sieht." Damit warte ich keine Antwort mehr ab und laufe weiter. Natürlich weiß ich genau, mit welchem Blick mir der Mann nachsieht. Ich bin das gewohnt und um ehrlich zu sein – ich genieße es. Meine Fettpolster sitzen genau da, wo sie sitzen sollen und der rot-getönte Backlayer in meinen von Natur aus hellblonden Haaren zieht Aufmerksamkeit auf sich.

„Vielen Dank dafür, Luis", sage ich, als ich mich schließlich wieder auf meinen Stuhl sinken lasse. Luis legt ausladend seinen Arm um meine Schulter. „Immer wieder gerne", meint er, drückt mich kurz und zieht seinen Arm auch schon wieder weg. „Noch ein Cocktail?"

„Immer doch."

„Und noch eine Runde Shots?"

„Trinken alle mit?"

Luis nickt und dreht sich zu Justin, Kathi und der Freundin um, die Kathi mitgebracht hat. „Shots?", ruft er gegen den Gesang der nächsten Person an. Justin nickt, aber die beiden Mädchen schütteln den Kopf.

Luis zuckt mit den Schultern, steht auf und bestellt die Getränke. Luis, Justin und ich heben die Shotgläser. „Auf einen geilen Abend!", ruft Justin. „Auf uns", ergänzt Luis.

Von meiner Mutter hatte ich gelernt, nie allein durch eine dunkle Stadt nach Hause zu laufen. Ehrlich gesagt gab es kaum etwas, das mir weniger Angst machte als das. Meine schlimmste Verletzung – sei sie nun seelischer oder körperlicher Art – hast du mir zugefügt, als ich *zuhause* war, wo ich mich am sichersten fühlen sollte. Was sollte mir draußen schon groß Schlimmeres passieren können? Dennoch nehme ich an, als Luis anbietet, mich nach Hause zu begleiten. An sich liegt es für ihn sowieso auf dem Weg, er wohnt ja mit Justin und Kathi direkt neben der Uni, während meine Wohnung sehr genau zwischen Innenstadt und Uni liegt. Die anderen schlagen eine andere Richtung ein, weil Justin und Kathi erst ihre Freundin nach Hause begleiten wollen, bevor sie zurück zu ihrer eigenen Wohnung gehen.

Ich genieße die frische Nachtluft, nachdem wir stundenlang in dem doch sehr engen und dadurch stickigen Irish Pub gesessen haben. Daher atme ich hörbar aus und breite die Arme aus. „Geht's dir gut?", fragt Luis belustigt.

„Hmhm", antworte ich, „vielleicht ein wenig…", ich hebe Daumen und Zeigefinger, um zu zeigen, wie wenig ich meine: „… ein wenig betrunken."

„Du… Car?"

„Hm?"

„Hab ich dir schon mal gesagt, wie verdammt cool ich dich finde?"

Ich grinse leicht und wahrscheinlich werden meine Wangen rosa. Ich stolpere an Luis' Seite und lehne meinen Kopf gegen seine Schulter. „Nein, aber das ist lieb von dir." Luis zögert einen Moment, sieht sich hinter uns um. Dann bleibt er stehen, hebt mit seiner Hand mein Kinn an und küsst mich. Erst nur einmal, er wartet meine Reaktion ab und als ich nicht zurückweiche, küsst er mich noch einmal. Intensiver diesmal. Fordernder. Es fühlt sich gut an. Verdammt gut, denn er ist nicht du. Er kann mich berühren. Ich kann mich berühren lassen, hörst du. Seine Zunge, die über meine Lippen streift, stört mich nicht. Seine Hände an meiner Hüfte stören mich nicht. Nicht einmal, als sie sich vorsichtig weiter nach unten arbeiten.

Und trotzdem unterbreche ich uns, als Luis sich immer weiter nach vorne neigt, immer mehr von mir will. „Nicht", flüstere ich. Er beugt sich zurück und sieht mich mit einer Mischung aus Enttäuschung und Neugierde an. „Wieso nicht?"

„Na, weil…", ich zucke mit den Schultern, „… Jonas."

„Ich dachte… Justin meinte, das sei nichts Festes."

Wieder zucke ich mit den Schultern. „Ist es ja auch nicht, aber… trotzdem. Ich will nicht… weißt du, ich bin nicht *dieses* Mädchen." Und damit meine ich eine Schlampe, die es mit jedem Kerl im selben Wohnheim treibt.

„Das… das habe ich auch nicht gedacht", murmelt Luis.

„Ich mag dich", versichere ich, „aber ich suche im Moment echt nichts Festes. Jonas und ich wollen dasselbe und *ein* Mann reicht mir allemal." Ich schaue kurz in Luis betreten blickende Augen. „Außerdem sind wir betrunken", ergänze ich daraufhin, „jetzt irgendetwas anzufangen, wäre ein Fehler."

Jetzt nickt Luis, dann sinken seine Hände von meinen Hüften.

„Alles in Ordnung?", versichere ich mich.

Er nickt wieder. „Ein wenig enttäuscht", gesteht er, „aber geht schon. Ich hoffe nur, das gefährdet jetzt nicht unsere Freundschaft."

Ich lächle, „glaub mir, da gehört mehr dazu." *Zum Beispiel der Angriff mit einem Messer.* Ich zucke kurz angesichts meines eigenen, unkontrolliert aufgetauchten Gedankens zusammen und hoffe, dass Luis es nicht sieht. *Kein Angriff,* schelte ich mich selbst, *ein Unfall.*

Luis und ich unterhalten uns noch auf dem Weg zu mir. Ich bin froh, dass wir uns nicht betreten anschweigen müssen. Ich kenne ihn nicht besonders gut, eben nur von den Karaoke-Abenden, aber er ist ein wirklich lieber Mensch. Soweit ich das einschätzen kann, jedenfalls. Und es hat sich schon einmal bewiesen, dass ich scheinbar sehr schlecht darin bin, Menschen einzuschätzen. Bei mir angekommen, umarme ich Luis zum Abschied: „Danke für die Begleitung", sage ich, „du kannst auch bei mir auf dem Sofa schlafen, wenn du willst."

„Nein, nein, es ist ja nicht mehr weit", erwidert Luis.

Ich lächle ihn noch einmal an. „Na gut. Dann bis demnächst!"

„Bis dann."

Ich schließe die Haustür auf und laufe zu meiner Wohnungstür. Dort angekommen lasse ich mich lang aufs Bett fallen und seufze. Ich checke ein letztes Mal mein Handy nach Nachrichten ab und sehe, dass Jonas mir geschrieben hat: „Wenn du willst, komm nach dem Karaoke noch vorbei. Ich hoffe, du hattest einen schönen Abend."

„Ich bleibe heute lieber hier", tippe ich, „der Abend war sehr schön und ich fühl mich gerade gut genug."

Es kommt vor, dass ich Nächte allein verbringe – aber selten, dass ich auch noch das Gefühl dabei habe, dass ich diese Nacht tatsächlich panikfrei durchstehen werde. Ich stehe auf, hänge mein Handy ans Ladekabel, ziehe mich um und putze meine Zähne. Dann rolle ich mich auf die Seite und schlafe ein.

Mein Traum ist schwer als ein Traum zu erkennen, denn er fängt damit an, dass ich aus dem Schlaf hochschrecke. Ich fühle mich hundeelend, knipse das Licht an und sehe mich um. Ich bin in meiner alten Wohnung. Ich fasse mir an die Stirn, sie ist total heiß und verschwitzt. Ich muss Fieber haben. Ich bin am Vortag geimpft worden, mir wurde gesagt, dass das passieren könnte. Dennoch wallt Panik in mir auf. Mir ist so verdammt warm und gleichzeitig zittert mein Körper. Ich würde gerne einfach weiterschlafen, aber mein Herz pocht immer schneller. *Ich habe Fieber,* sage ich mir selbst, *ich bin einfach nur krank. Versuch zu schlafen.* Aber ich komme nicht gegen die Angstgefühle an, die drohen, meine Brust gleich zum Platzen zu bringen. Ich weiß, dass du im Raum am anderen Ende des Flurs schläfst. Und ich weiß auch, dass du ohnehin wach werden wirst, wenn ich nicht gegen die Panikattacke ankommen kann. Meine Schreie wecken dich doch jedes Mal aufs Neue. Also weiß ich, dass du mir schon an die hundert Mal gesagt hast, dass ich einfach zu dir kommen soll, wenn ich das brauche - und wenn es mitten in der Nacht ist. Also tue ich das. Ich stehe auf und flitze auf nackten Sohlen durch unsere gemeinsame Wohnung zu dir. Ich klopfe und durch deine Zimmertür schallt ein dumpfes: „Hm?"

Ich öffne die Tür einen Spalt weit. „Benno?", flüstere ich, „Benno, ich hab Fieber."

In der Dunkelheit kann ich nur erahnen, dass du blinzelst und die Decke für mich zur Seite schlägst. Sofort lege ich mich neben dich und du schlingst die Arme um mich.

„Hast du Angst?", fragst du.

Ich nicke.

„Du musst mit mir reden", sagst du belustigt, „wenn du den Kopf bewegst und ich dich nicht sehe, könnte das alles bedeuten."

„Ich habe Angst", antworte ich, „obwohl ich weiß, dass es nur eine kleine Nebenwirkung ist. Nur Fieber. Und jetzt musste ich dich wieder wecken", ich versenke beschämt mein Gesicht in deiner Armbeuge.

Die Finger deines anderen Arms streichen beruhigend über meine Taille. „Schon okay", flüsterst du, „kannst du besser schlafen, wenn du hier bleibst?"

Ich atme einen Moment durch, horche in mich hinein. Ja, hier ist es schon besser. Diese Wirkung hast du nun einmal auf mich. Du bist so selbstlos und perfekt. Der beste Mitbewohner, den ich mir nur wünschen könnte. Jemand, der mich nicht wegen meiner Unfähigkeit verurteilt, meine Panikstörung in den Griff zu bekommen.

„Ricarda?"

„Ja", antworte ich, „ja, es ist schon besser. Danke."

„Dann bleib hier. Du musst dir keine Sorgen mehr machen", versprichst du, „ich bin ja da."

Als ich die Augen öffne, bin ich einen kurzen Moment orientierungslos.

*Oh verdammt,* denke ich dann, *Erinnerungen. Aber nur geträumt. Mal wieder.*

„Bin ich nicht toll?" Ich zucke beim Klang der Stimme deines Geistes zusammen und beinahe hätte ich kurz aufgeschrien. Ich drehe mich auf die andere Seite und sehe, dass er auf dem Rücken, den Kopf auf den Händen abgestützt, neben mir im Bett liegt. „Du vermisst mich, nicht wahr? Du wirst nie wieder jemanden finden, der sich so liebevoll um dich kümmert."

Ich schwinge die Beine aus dem Bett. „Halt den Mund", sage ich, „nur weil du sein Aussehen gestohlen hast, bist du noch lange nicht wie er."

„Hör endlich auf, von zwei verschiedenen Menschen zu reden", entgegnet dein Geist bissig, „es gibt nur einen – mich – und das weißt du."

Ich stehe auf und beuge mich provokativ über das Bett. „Es ist aber völlig unmöglich", sage ich, „dass dieselbe Person, die sich so liebevoll um mich gesorgt hat, das hier getan hat." Ich strecke deinem Geist mein Handgelenk entgegen.

Er sieht es einen Moment an, als müsse er nachdenken, dann sieht er wieder mir in die Augen und zuckt die Schultern: „Und doch… ist genau das passiert."

## *Kapitel 4*

Tage nach Nächten, in denen du in meinen Träumen zurückkehrst, sind immer merkwürdig. Es ist dann so, als wären wir nicht schon ewig her. *Drei Monate.* Etwas in mir drin schmunzelt, als ich diesen Zeitraum in Gedanken als Ewigkeit bezeichne. Aber ich habe recht: Drei Monate sind schier endlos, wenn man gezwungen wird, so sehr zu leiden wie ich. Und jetzt ist alles wieder da. Alles, was wir waren, bevor du... du weißt schon.

Heute Morgen kreisen meine Gedanken um einen Tag im Oktober, dem Monat, in dem ich in deine WG eingezogen bin. Das ist jetzt ziemlich genau ein Jahr her, vielleicht auch etwas mehr.

Wir hatten bereits Körperkontakt. Bei uns war das ziemlich schnell gegangen. Du warst der erste in meinem Leben, bei dem ich kuscheln zuließ. Weil es sich bei dir irgendwie sicher anfühlte. Und ich mich repariert. An diesem Tag hatte ich mich am Abend in mein Zimmer zurückgezogen. Zum ersten Mal seit langem. Nicht, weil ich das selbst wollte – oh nein, ich würde Filme gucken und kuscheln mit dir immer bevorzugen, egal, was die Alternative war – aber, weil ich die diffuse Angst hatte, dir auf die Nerven zu fallen. Es klopfte und auf mein „Ja?" hin öffnetest du die Tür. „Willst du Skyrim spielen?", fragtest du, woraufhin ich grinste. Wir hatten mal über Skyrim gesprochen. Früher, als ich noch im Elternhaus gewohnt hatte, hatte ich es auf dem PC gespielt. Du kanntest es nur auf der X-Box. Skyrim ist ein Single-Player Game und doch ludst du mich dazu ein. Ich sprang sofort auf und folgte dir ins Wohnzimmer, wo du die X-Box, die sonst in deinem Zimmer stand, bereits am Fernseher angeschlossen hattest. Wir reichten uns den Controller hin und her und – dank der ungewohnten Steuerung für mich – bedeutete das jedes Mal einen Spielgeschwindigkeitswechsel von 300%. Dabei saßen wir eng nebeneinander – wie immer. Und wir unterhielten uns – wie immer. Und als wir beim Thema Schulzeit ankamen und ich dir von meinen ehemaligen Klassenkameraden erzählte, sahst du mich schockiert an, schütteltest verständnislos den Kopf und sagtest: „Jugendliche sind Ärsche. Und sie zu schlagen idiotischerweise eine Straftat. Aber ich würd's tun – für dich."

In diesem Moment hörte der Protagonist in unserem Spiel urplötzlich auf, sich zu bewegen und starb einen jämmerlichen Tod – zerfleischt von Wölfen – und ich wusste es. Zum allerersten Mal.

Damals wusste ich, dass ich dich liebte, doch jetzt zwinge ich mich dazu, in die Gegenwart zurückzukehren. In eine Gegenwart, in der wir kein Leben teilen, keine Wohnung – nein, nicht mal eine Stadt. In eine Gegenwart, in der ich wohl einsehen muss, dass du kein Heiliger bist, obwohl ich das immer geglaubt habe, sondern im Gegenteil das wohl Schlimmste, was mir je hätte passieren können. Und in eine Gegenwart, in der ich noch immer weiß, dass ich dich liebe – Präsens – dich… und keinen anderen.

„Ich komme vorbei", tippe ich Jonas. Es ist eine Aussage, keine Frage.

„Kannst du machen", kommt die Antwort nach wenigen Sekunden, „ich hab aber noch zu tun."

„Egal." Allein auf Jonas' Bett zu hocken ist immer noch besser als auf meinem. Meinem Bett. Diesem verfluchten Bett, das den Wohnungswechsel mitgemacht hat. Diesem verfluchten Bett, in dem du mich… ich schüttele den Kopf. Jetzt an meinen allerersten Sex zu denken, ist alles andere als produktiv. Ich ficke jetzt einen anderen. Weil ich das *kann*!

Ich stopfe meinen Laptop in meine Tasche. Es ist Samstag, die nächste Woche naht, was bedeutet, ich kann wieder weiterarbeiten, weil es neue Wochenaufgaben gibt. Dabei ignoriere ich den Fakt, dass ich alles, was bis Mittwoch ansteht, ohnehin schon in den halbstündigen Pausen zwischen meinen Seminaren abgehakt habe. Dann stöpsele ich die Kopfhörer in meine Ohren und drehe meine Playlist voll auf. „I don't belong here", schallt es in mein Ohr, so laut, dass eine Person neben mir immer noch jedes Wort verstehen würde. „We've got to move on, dear."

Ich schlüpfe in meine Schuhe, ziehe die Jacke über, schultere meine Tasche und verlasse meine Wohnung. Als ich auf die Straße trete, wird mein Kopf schon klarer.

„With my back against the wall....", singt eine leise Stimme im lauten Song, „I'm much too young to fall."

„Wem sagst du das?", murmele ich und beschleunige meinen Schritt, um schnell bei Jonas anzukommen.

Vor seiner Wohnungstür angelangt, drücke ich die Klingel mit einer Brutalität, dass ich kurz Angst bekomme, sie wird klemmen bleiben. Als das Surren ertönt, drücke ich die Tür auf und hetze in den zweiten Stock, wo Jonas schon in der offenen Wohnungstür steht. Ich stürze mich auf ihn, küsse ihn weder ästhetisch noch romantisch, sondern einfach nur mit einem Verlangen nach Ablenkung. Er reagiert perfekt: Beugt sich sofort leicht nach unten, um mich hochzuheben, schiebt seine Hände unter meinen Arsch. Ich schlinge meine Beine um seine Taille, unsere Lippen lösen sich nicht mehr voneinander, unsere Zungen tanzen – keinen romantischen Walzer, sondern einen wilden und rücksichtslosen Tango. Jonas lässt die Wohnungstür mit einem dumpfen Knall ins Schloss fallen und trägt mich in sein Zimmer. Setzt sich auf die Kante seines Bettes, sodass meine Knie links und rechts von ihm in die Matratze sinken. Erst jetzt entfernt sich sein Mund langsam von meinem. Er legt seine Hand an meine Wange, um meine verlangenden Lippen zu bremsen. „Ist alles okay?", fragt er.

Ich nicke hastig und bringe nicht mehr als zwei Worte heraus: „Küss mich."

„Ich hab nicht viel Zeit", antwortet Jonas bedauernd, woraufhin ich sofort den Kopf schüttele: „Wir brauchen nicht viel Zeit." Und damit ist der leichte Widerstand in Jonas gelöst. Unsere Lippen verschmelzen wieder. Und nach fortfliegenden Klamotten tun das auch unsere Körper.

Jonas' Wohnungstür öffnet sich und ich sehe von meinem Laptop auf. Während er in der Bib und im Fitnessstudio war, habe ich auf seinem Bett gesessen und meine Texte durchgebüffelt. Jonas' Haare sind nass und Tropfen treffen mich, als er sich neben mich setzt. Er muss im Studio geduscht haben. „Bleibst du über Nacht?", fragt er.

„Wenn ich darf."

„Natürlich." Jonas legt einen Arm um mich. „Sagst du mir dann endlich, was los ist?"

Ich zucke mit den Schultern. „Das übliche. Benno."

Jonas seufzt auf. „Immer noch?"

Etwas in mir zuckt bei diesen Worten zusammen, während mein Äußeres steif und starr sitzen bleibt. *Ja,* will ich antworten. *Nach drei Monaten noch wie am ersten Tag. Komisch, oder? Man könnte fast meinen, mir wäre etwas unverzeihlich Fürchterliches angetan worden. Oh, warte mal! Genau so war es auch.*

„Nicht schlimm", sage ich stattdessen.

Jonas mustert mich kurz, dann verstärkt sich der Druck seiner Hand auf meiner Schulter. „Du bist auch einfach noch jung", meint er, „man lernt das mit der Zeit, und bis dahin hast du ja mich, nicht wahr?"

Ich nicke leicht.

„Das weißt du ja, oder? Du meldest dich sofort, wenn was ist?"

Wieder ein Nicken.

„Brav."

*Brav.* Wieder ein Schauer über meinem Rücken. Ich fühle mich wie ein abgefertigter Show-Hund. Einer, der vom Vorbesitzer geschlagen wurde und es jetzt nicht mehr wagt, Gegenwehr aufzubringen.

Ich gebe nach. Lege den Laptop zur Seite und kuschele mich bei Jonas an. Es ist nicht das erste Mal, dass er meine Probleme auf mein Alter schiebt. Obwohl ich glaube, ich bin unvermeidlich weit für eine Einundzwanzigjährige. Ich bin jung – ja. Aber ich bin kaum dem Alter entsprechend weit entwickelt... ich war gezwungen, darüber hinaus zu gehen. Eine normale Einundzwanzigjährige genießt ihr Leben.... eine normale Einundzwanzigjährige geht davon aus, dass ihr nichts Schlimmes passieren wird. Dass Mitbewohner Mitbewohner sind, Freunde Freunde und Liebschaften Liebschaften. Aber ich weiß, dass nichts davon wahr ist... und dafür bin ich viel zu jung. Heute gibt es nichts mehr für mich außer Uni. Nichts für mich außer überleben. Das *Leben* selbst bleibt auf der Strecke, es steht hinten an, ich habe erst Zeit dafür, wenn ich in meinem Kopf endlich wieder allein bin. Ich warte jeden Tag darauf, dass das endlich passieren wird, damit ich mein Happy-End bekomme. Und bis dahin muss einfach selbst die Hölle Spaß machen.

Nach wenigen Minuten räuspere ich mich und richte mich wieder auf. „Ich denke, ich will doch noch ausgehen. Es ist immerhin Samstag." Ich lege meinen Kopf leicht schief. „Kommst du mit?"

„In rauchende Discos?" Jonas lacht kurz auf. „Nein, danke, da bin ich rausgewachsen. Aber hab Spaß."

Etwas pikiert stehe ich auf, schlüpfe in Schuhe und Jacke und schultere meine Tasche.

„Kommst du heut Nacht wieder her?", fragt Jonas, als ich schon in der offenen Tür stehe.

„Ich denke nicht", antworte ich und lasse die Tür hinter mir zufallen. „Ich denke", murmele ich dann zu mir, „ich muss bei Menschen sein, die mich verstehen."

„Also bei mir!" Ich zucke zusammen, als dein Geist mich triumphierend angrinst. Ich werfe ihm einen verächtlichen Blick zu, stöpsele wieder meine Kopfhörer in die Ohren. „I will never find peace", dröhnt es in mein Ohr. Ich spucke deinem Geist ins Gesicht und mache mich mit derselben zornigen Energie auf den Heimweg, mit der ich schon hergekommen bin.

Ich schreibe Justin an und Luis und noch drei weitere Kerle, die ich irgendwann auf Feiern kennengelernt habe. Keinen davon kenne ich wirklich, also ist auch keiner wirklich sicher, aber Sicherheit ist ja sowieso ein Fremdwort. Weibliche Kontakte habe ich keine. Also ich meine, ich bin sonst auch mit anderen Frauen unterwegs, aber eben nur mit denen, die von den Typen mitgenommen werden.

Luis ist der Einzige, der so spontan noch nichts geplant hat. Ich teile ihm mit, dass es dann nur wir beide wären und frage, ob das okay ist. „Klar", antwortet er, „zur Not sucht man sich schon Freunde", dann ein Zwinker-Emoji.

Ich packe zwei Zehn-Euro Scheine und meinen Perso in meine Handyhülle und ziehe eine Jeans mit einer tiefen Hosentasche an, in der ich das Handy versenken kann.

Luis kommt erst bei mir vorbei, mit einer Pulle Vodka in der Hand. Wir spielen irgendein hirnverbranntes Trinkspiel über eine App, das uns sehr viel zum Lachen bringt. Mein Energy-Dosen Bestand wird dabei immer kleiner und bis wir in den Club aufbrechen wollen, ist auch der Vodka so gut wie geleert. Die Alkoholtoleranz, die ich in den letzten Monaten entwickelt habe, ist für mich jedes Mal aufs Neue faszinierend und erschreckend zugleich.

Zum Club machen wir uns zu Fuß auf den Weg – immerhin das muss ich zugeben: Meine Wohnlage ist wirklich gut, weder in die Innenstadt zum Feiern noch zur Uni muss ich zwangsläufig die Bahn nehmen. Unterwegs balanciere ich über die Bordsteinkanten, während wir uns mit einer Runde „Wahrheit oder Wahrheit" aufhalten (Pflichten sind unterwegs eher schwierig auszuführen).

„Okay, eine Wahrheit für dich…", sage ich, „hm, mit wie vielen Frauen hattest du schon Sex?"

Luis sieht mich kurz an mit einem Blick, den ich nicht deuten kann, dann schüttelt er den Kopf: „Keiner."

Ich bleibe stehen. „Keine?", wiederhole ich.

Er zuckt mit den Schultern. „Es hat sich noch nicht das richtige ergeben."

Irgendetwas ist in mir und ich glaube, es ist Neid. Ich habe auch so lange gewartet… und dann hatte ich es mit *dir*. Und dann hast du… ich schüttele den Kopf. Nein, ich darf nicht so denken. Ich verbiete es mir. Ich wollte dich und hatte dich und damit basta.

„Und du?", fragt jetzt Luis. „Wahrheit! Wie viele Männer waren es wirklich?"

Ich sehe ihn an und zucke mit den Schultern. „Zwei. Nur… Benno und Jonas."

„Und geküsst?", will Luis wissen.

„Unfair", murmele ich, „du bist nicht dran."

„Komm schon", meint er, „wie viele?"

Ich seufze. „Vor oder nach Benno?"

Luis lacht kurz auf. „Hat das so viel geändert?"

„Vor ihm…", antworte ich, „waren es zwei. Er war der dritte. Nach ihm…", ich schüttele kurz den Kopf, hebe die Hände und zähle an meinen Fingern meine flüchtigen Bekanntschaften der letzten drei Monate ab. „Nochmal acht? Kann es wirklich nicht genau sagen, aber du dürftest Nummer elf gewesen sein, das könnte hinkommen."

„Ne schöne Zahl", meint Luis und zuckt leichtfällig mit den Schultern.

Inzwischen kann ich das große Leuchtschild vom Club sehen. „Eine Frage noch", sagt Luis, „dein elfter Kuss. Wie war der?"

Ich blinzele Luis an. „Perfekt", antworte ich dann, „ich wusste nur, dass ich für den Mann eine Enttäuschung werden würde. Er war zu gut für mich, ich könnte ihn nur ausnutzen und das hat er nicht verdient."

Luis sieht mich kurz schweigend an, öffnet dann den Mund, als wolle er etwas erwidern, findet aber die richtigen Worte nicht. „Das Spiel heißt Wahrheit", hänge ich also hintendran, bevor er zu Wort kommt. „Und ich würde niemals etwas anderes als die Wahrheit sagen. Und jetzt komm", ich greife nach seiner Hand und ziehe ihn hinter mir her. Die Musik, die uns entgegenschallt, ist laut und bass-lastig und versteht sich perfekt mit dem Alkohol in meinem Blut. Als ich anfange zu tanzen, weiß ich, dass ich normal bin. Einen flüchtigen Moment lang – wenigstens für diese Nacht. Wieder ich zu sein hat bis morgen Zeit. Bis dein Geist mich wecken wird.

## *Kapitel 5*

Ich öffne die Augen und erspähe im dämmrigen Licht, das durch die Ritzen der Rollläden in meine Wohnung fällt, einen Körper auf dem Sofa. Luis hat hier übernachtet, aber zwischen uns ist nichts passiert. Ich war betrunken und trotzdem wollte ich das nicht. Irgendetwas daran überrascht mich. Um ehrlich zu sein, halte ich mich selbst wohl tatsächlich für eine Schlampe. Nicht, dass ich mit jedem Typen schlafen würde, das nun wirklich nicht, aber beim Rummachen war ich doch sehr wahllos geworden und... launisch. Aber ich habe letzte Nacht die Pfoten von Luis gelassen, meine Erinnerungen daran sind vollkommen klar. Wir haben nur getanzt. Miteinander und zwischendurch mit anderen. Wir haben unendlich viel gemeinsam gelacht und mitgegrölt, bis wir heiser waren. Ein komischer Gedanke taucht in meinem Kopf auf. Der Gedanke, dass Luis und ich tatsächlich... befreundet sein könnten. Ich habe schon seit gefühlten Ewigkeiten – genauer gesagt seit dir – keinen Freund mehr gehabt. Ich meine, ich habe Bekanntschaften, aber... mehr sind die halt eben allesamt nicht.

Ich suche mit einer Hand meinen Nachttisch ab, bis ich mein Handy fühlen kann. Ich entsperre es und muss gleich darauf leicht schmunzeln. „Ups", murmele ich, denn es ist bereits nach zwei am Nachmittag. Wann sind wir gestern zurück in die Wohnung gekommen? Fünf? Oder erst sechs? Es wird irgendwas dazwischen gewesen sein.

Ich stehe vorsichtig auf, um Luis nicht zu wecken und gehe aufs Klo, doch als ich das Bad wieder verlasse, sitzt er bereits aufrecht auf dem Sofa. „Guten Morgen", meint er mit einem Lächeln, „oder sollte ich Mittag sagen?"

„Kaffee?", frage ich, woraufhin Luis nickt. „Ja, gerne." Ich wechsele den Filter und das Wasser und schalte die Maschine ein. „Gut geschlafen?"

Wieder nickt Luis. „Dein Sofa ist überraschend bequem."

Ich lache. „Wenn du wüsstest, wie oft ich schon darauf geschlafen habe, obwohl das Bett nur zwei Schritte entfernt ist!"

„Ich fand es toll gestern", meint Luis abrupt.

Ich nicke. „Ich auch. Mit dir zu feiern ist super, wieso haben wir das noch nicht vorher gemacht?"

„Weil es sich nicht ergeben hat, nehme ich an."

Der Kaffee ist gekocht, ich schütte zwei Tassen ein und reiche eine davon Luis.

Er räuspert sich: „Weshalb... weshalb war dein Jonas eigentlich nicht mit?"

Ich seufze und senke den Blick. „Erstens ist er nicht *mein* Jonas", antworte ich dann, „und zweitens steht er nicht aufs Feiern gehen. Er ist da raus gewachsen, meint er."

„Raus gewachsen? Wie alt ist er denn?"

„Achtundzwanzig."

Luis zieht die Augenbrauen hoch. „Oh."

Ich zucke mit den Schultern und nippe an meiner Tasse. „Ja. Sieben Jahre. Darauf bildet er sich auch mächtig was ein."

Den letzten Satz hätte ich mir sparen sollen... das merke ich sofort an der Art, wie Luis darauf reagiert: Sein Körper richtet sich noch etwas gerader auf, seine Augen werden wachsam und fokussieren mich. „Drückt er dir blöde Sprüche rein, oder was?"

Wieder zucke ich mit den Schultern, fixiere einen Punkt an der Wand hinter Luis. „Er gibt schon gerne meinem Alter die Schuld, ja."

„Woran denn bitte?"

„Naja, ich..." *habe Probleme. Sehe Unsichtbares. Rede mit der Luft. Schreie. Verletze mich selbst... und merke es nicht einmal.*

„Du bist doch mega weit in deinem Studium, oder?", redet Luis weiter, als ich meinen Satz unvollendet lasse.

Ich nicke langsam.

Luis wendet seinen Blick zur Fensterbank, auf der ich die Pokale aufreihe, die ich von Tischtennis-Turnieren nach Hause bringe. Ich nehme selten an Turnieren teil... dafür umso erfolgreicher. „Und nicht gerade schlecht im Sport bist du wohl auch?"

Wieder nicke ich.

„Und du bist... einundzwanzig?"

Wieder ein Nicken.

„Weißt du, dass viele Einundzwanzigjährige nicht mal den Hauch einer Ahnung haben, was sie mit ihrem Leben anstellen wollen? Dass der absolute Großteil noch nicht das Ende seines Studiums sehen kann? Dass mega viele einfach nur faul in ihrem Bett rumliegen, statt zu arbeiten?"

Diesmal nicke ich nicht, sondern sehe Luis nur schweigend an.

„Mal ehrlich, Car", sagt er dann, trinkt einen großen Schluck von seinem Kaffee und lässt sich gegen die Sofalehne zurückfallen. „Gibt es überhaupt irgendetwas, was du nicht kannst?" Der Blick, mit dem er mich bei diesen Worten ansieht, ist gleichermaßen voller Neid und Bewunderung.

Ich schlucke, weil ich nichts davon verdiene. Aber woher sollte er das schon wissen? *Ja,* antworte ich in meinem Kopf, *Leben.*

Als ich noch immer nichts sage, seufzt Luis. „Sollen wir was essen gehen? Ich sterbe vor Hunger."

„Luis…", setze ich an, doch er winkt lässig ab und grinst mich an. „Du willst kein Date, das weiß ich. Das ist voll in Ordnung für mich. Ehrlich. Glaubst du mir das, damit wir uns als Freunde ne Pizza reinziehen können? Du darfst auch für dich selbst zahlen."

Ich mustere ihn kurz, dann nicke ich. *Freunde.* Ich muss lächeln. „Pizza klingt super."


„Hallo?", erst als eine neue Nachricht am oberen Rand meines Handys erscheint, sehe ich, dass ich eine vorherige übersehen habe. Wie es aussieht, habe ich Jonas versehentlich ignoriert. Ich sitze noch immer mit Luis in einer kleinen Pizzeria. Ich nehme einen Schluck von meiner Cola und öffne den Chat mit Jonas. Die erste neue Nachricht ist von 22:42 Uhr: „Dann hab Spaß beim Feiern. Meld dich!"

01:13 Uhr: „Ich gehe jetzt schlafen. Handy ist laut, klingel durch, wenn du doch noch herkommen willst. Hab dich lieb."

11:20 Uhr: „Alles gut bei dir? Komm vorbei, wenn du wach bist. Mein Bett würde mit einem nackten gefesselten Mädchen noch viel schöner aussehen."

Und die neueste, 15:04 Uhr: „Hallo?"

„Jemand wichtiges?", fragt Luis.

Ich schüttele den Kopf. „Jonas."

„Tschuldige", tippe ich, „voll weggelanzt. War ein guter Abend! Ruhe mich heute aus. Sehen wir uns morgen?" Ich sehe die Nachricht im Textfeld kurz an. Dann lösche ich den letzten Satz und drücke auf Senden.

„Wieso siehst du bedrückt aus, wenn du ihm schreibst?"

Ich sehe auf und begegne Luis' forschendem Blick. „Echt, tue ich das?"

Er nickt.

Ich rümpfe nachdenklich die Nase, „Er kann sehr...", ich suche nach den richtigen Worten, „... einnehmend sein."

Luis zieht die Augenbrauen hoch. „Und du willst keine Beziehung", sagt er, woran ich merke, dass er die falschen Schlüsse zieht.

„Er auch nicht!", erwidere ich schnell, „es ist nur, er... er lässt mich mein Ding machen, aber er will dabei halt unbedingt auf mich aufpassen." *Er hält mich für schwach.*

Luis Gesichtsausdruck ist immer noch analytisch und zweifelnd. „Aber du kannst doch auf dich selbst aufpassen?" Er hat keine Ahnung, wie richtig und falsch er damit liegt.

Ich *will* auf mich selbst aufpassen. Ich brauche niemanden. Ich *will* niemanden brauchen, denn ich will niemandem vertrauen. Nicht, nachdem ich dir vertraut habe.

Aber ich *kann* wohl kaum auf mich selbst aufpassen. Ich bin nirgendwo sicher, denn ich schleppe meine größte Gefährdung mit mir herum – dich.

Schließlich schüttelt Luis den Kopf. „Naja", sagt er, „tschuldige, wenn ich dir zu nah getreten bin. Geht mich ja auch nichts an, aber wenn du mich fragst, muss auf dich nun wirklich niemand aufpassen. Du weißt doch ganz genau, was du willst."

Ich sehe Luis an und schlucke den Frust herunter, der in meiner Brust hämmert und meinen Magen aufwühlt. Ich lächle. Meine Scharade funktioniert. Ich bin Car. Niemand muss auf mich aufpassen. Ich sprühe vor Lebendigkeit und Glück. Und ich weiß genau, was ich will.

Auf dem Rückweg begleitet mich Luis noch bis zu meiner Wohnungstür. „War schön mit dir", sagt er dort angekommen. „Mit dir abzuhängen, ohne meine Mitbewohner mit dabei zu haben, war mal was Neues. Können wir ruhig öfter machen."

„Ja", antworte ich sofort, „ja, das sollten wir."

Luis grinst, umarmt mich und geht. Dann schließe ich die Haustür auf und gehe zurück in meine Wohnung. Das hatte ich nicht erwartet. Dass ich mit jemanden, den ich bisher kaum kannte, feiern gehen und – ohne es mit ihm zu treiben – den nächsten halben Tag verbringen würde. Ich schüttele über mich selbst den Kopf. Irgendwie empfinde ich es als traurig, dass mir der Begriff „Freundschaft" so abhandengekommen zu sein scheint. Ich meine, nur deswegen kommt es mir doch jetzt so... ungewohnt vor, dass zwischen mir und Luis nichts anderes läuft. Irgendwie fast lächerlich. Nur dass es nicht lächerlich ist, weil es nämlich wunderschön ist.

Ich schalte den Fernseher ein und grinse in mich hinein. Ich lasse mir das Wort immer und immer wieder auf der Zunge zergehen: *F-r-e-u-n-d-s-c-h-a-f-t.*

Passend dazu ziehe ich mir eine Folge „Friends" nach der nächsten rein. Ich mache es mir auf dem Sofa bequem und verschwende nicht einen Gedanken daran, etwas Sinnvolleres anzufangen als einen Serienmarathon. Zwischendurch öffne ich eine Packung Kekse und später am Abend schiebe ich ein Kräuterbaguette in den Ofen.

Erst als meine Uhr 21:30 Uhr anzeigt, legt sich meine Stirn in Falten. Irgendetwas ist komisch und ich kann nicht richtig sagen, was es ist.

Dann steht dein Geist in der Tür und aus meinem Mund kommt ein überraschtes „Oh."

Ich bin bereits seit vier Stunden allein zuhause. Und ich habe noch nicht eine Sekunde an dich verschwendet.

„Hey", sagt dein Geist.

Ich pausiere die aktuelle Folge und wende ihm meinen Blick zu. „Was willst du?", frage ich.

Dein Geist setzt sich neben mich und sieht zwischen mir und dem Fernseher hin und her. „Vielleicht will ich einfach mitgucken?", meint er, „Wir sind doch schließlich Freunde, oder? Aber wenn ich Angst bekomme, will ich deine Hand halten!"

„Darf ich deine Hand halten, wenn ich Angst bekomme?", fragtest du damals, als wir uns an unserem ersten und letzten gemeinsamen Halloween zu Horror-Filmen verabredet hatten.

Mir läuft es eiskalt den Rücken runter, als dein Geist dich kopiert. „Friends ist nicht gerade gruselig, keine Sorge", antworte ich schnaubend.

„Darf ich dich dann kraulen?"

„Nein."

„Hm."

Dein Geist ist merkwürdig heute. Er bleibt einfach sitzen und starrt den Fernseher an.

„Ernsthaft?", frage ich, „du wirst... einfach bleiben und eine Serie mit mir gucken?"

Er zuckt mit den Schultern. „Wenn du nicht einsiehst, dass du mich willst, kann ich dir auch nicht weiterhelfen. Du wirst es merken. Ich warte."

„Aha", sage ich langsam und drücke wieder auf Play. Ich lasse deinen Geist nur sporadisch aus den Augen, aber sein Bild verschwimmt.

Zwischendurch murmelt er Dinge... so typische Floskeln von ihm halt: „Du willst mich", „Du bist ganz allein ohne mich", „Niemand anderes wird dich je lieben." Aber es reicht ein Kopfschütteln meinerseits, damit er wieder schweigt. Er ist leise heute. Und nachdem ich ihn zwei Folgen lang so gut wie ignoriert habe, sitze ich wieder allein auf meinem Sofa.

## Kapitel 6

Am Montagmorgen ist das Erste, was ich auf meinem Handy sehe, eine Nachricht von Jonas: „Gut auskuriert? Kommst du nach dem Training vorbei?"

Mit Training meinte er mein Tischtennis, was ich immer montags um achtzehn Uhr habe.

„Geht klar", antworte ich. Ich hatte die letzte Nacht genossen. Dennoch graute es mir vor einem Abend allein in meiner Wohnung – Jonas war ohne Wenn und Aber die bessere Alternative.

Montags habe ich zwei Seminare. Eins um zehn und eins um vierzehn Uhr. In der Pause dazwischen esse ich in der Mensa und setze mich in die Bib. Der Text, den ich durchlese, ist für ein Seminar am Donnerstagnachmittag.

Danach fahre ich mit der Bahn zum Training. Tischtennis ist wie ein persönlicher kleiner Sonnenschein. Mit meinen Teamkollegen verstehe ich mich auch gut. Wir trainieren geschlechtergemischt, meistens messe ich mich mit Finn oder Luca, wir spielen auch schon mal zu dritt Rundlauf, wenn die Trainer das zulassen.

Danach dusche ich mich noch in den Gemeinschafts-räumen ab und mache mich direkt auf den Weg zu Jonas. Erst als ich mich in der Bahn setze und aus dem Fenster starre, merke ich, was für ein guter Tag heute war. Ein Tag ohne Vorfälle. Ich steige an der Uni aus der Bahn und laufe zum Wohnheim, klingele und warte auf das Surren der Tür.

Wie immer empfängt mich Jonas in der Wohnungstür mit einem Kuss. Mit einem leichten nur… die, die direkt zur Sache kommen wollen, gehen für gewöhnlich auf mein Konto. „Worauf hast du Lust?", fragt Jonas, als ich an ihm vorbei in sein WG-Zimmer laufe.

„Film?", frage ich, „etwas Simples… ähm… Fluch der Karibik!"

Jonas lacht kurz und zuckt dann mit den Schultern. „Okay", sagt er.

Ich hüpfe auf sein Bett und warte darauf, dass er den Fernseher einschaltet und Disney plus startet. Er klickt den Film an und legt sich neben mich, breitet fordernd die Arme aus. „Kuscheln!", sagt er.

„Film gucken?", antworte ich.

„Und kuscheln!"

Ich seufze und lege mich neben ihn, den Kopf auf seine Brust. *So wie wir damals,* der Gedanke taucht in meinem Kopf auf, bevor ich überhaupt die Gelegenheit habe, ihn zurückzudrängen. *Nur, dass du mich nie überreden musstest.* Wie immer schüttele ich instinktiv gegen Gedanken an dich den Kopf, wodurch Jonas sofort aufmerksam wird. „Alles okay?"

„Ja."

„Okay." Er fängt an, mein Haar zu kraulen. Meinen Rücken. Dann hebt er mein Kinn an und küsst mich und der Film rückt in den Hintergrund. Er will mich und mir fällt kein guter Grund ein, weshalb ich ihn nicht auch wollen sollte. Seine Lippen öffnen meine immer weiter, seine Hände umfassen meine Taille und ziehen mich auf seinen Schoß. Ich kann ihn spüren und ich...

*Das ist dumm.*

Ich schreie auf. Unterbreche unseren Kuss, unterbreche alles, schlage seine Hände von mir, springe vom Bett auf und drücke mich gegen die gegenüberliegende Wand.

*Das ist dumm.* Das sagte ich damals! Damals, als wir... als wir uns küssten. Zum zweiten Mal. Die Worte waren so plötzlich durch mein Hirn geschossen, dass sie mich vollkommen erschreckt hatten. Und genauso plötzlich waren unsere Erinnerungen wieder da:

„Bleibst du noch etwas hier?", fragte ich und drehte mich auf die Seite. Du legtest dich neben mich auf mein Bett und schlangst von hinten die Arme um mich. „Bis du eingeschlafen bist", sagtest du, „versprochen."

„Und kraulst mich etwas am Rücken?", murmelte ich.

Du lachtest auf, „wie fordernd." Aber du tatst es. Du warst bei mir, um mir das Gefühl von Sicherheit zu vermitteln. Du hattest mich gerade schreien gehört... ich hatte eine Panikattacke gehabt – wie so oft.

Mir wurde fast schwindelig vom Kraulen. Ans Einschlafen war so nicht zu denken. Nicht, solange du mich berührtest... es gab keine andere Berührung, auf die ich so einsprang. Du wusstest, dass ich dich liebte und ich wusste, dass du das nicht erwidertest, und trotzdem waren wir jetzt hier – genauso.... und echt. Deine Hände hielten sich auch nicht an meinen Rücken… sie suchten immer mehr neue Stellen. Den Bereich über meiner Brust, wo mein T-shirt endete, zum Beispiel. Ich drehte mich langsam und keuchend auf den Rücken, deine Hände strichen weiter nach oben, meinen Hals entlang – dessen Empfindlichkeit dir genau bekannt war. Deine Finger fuhren die Konturen meines Gesichts entlang, fanden meine Lippen und dann drehte ich mich endgültig um und wir verschmolzen. Wir waren sowas von aufgeheizt und sowas von perfekt. Deine Hände wanderten zu meinem Hintern und schoben das T-shirt, in dem ich schlief – dein T-shirt – nach oben. Dann löste ich meine Lippen schwer atmend von deinen. „Das ist dumm", sagte ich.

*Das ist dumm.*

Jonas sieht mich an – der richtige Begriff für seinen Blick ist wahrscheinlich ‚verwirrt', ‚geschockt' wäre… übertrieben.

„Was…?", er beendet seine Frage nicht und ich schüttele bloß den Kopf und komme wieder näher, setze mich zurück auf die Bettkante. „Tut mir leid", flüstere ich, „ich habe mich nur gerade… an etwas erinnert."

„Etwas, dass diese Reaktion hervorrufen kann?" Jonas mustert mich forschend, dann seufzt er. „Es geht wieder um Benno, hm?"

Ich wende meinen Blick ab. „Er ist halt eben immer da", nuschele ich.

Jonas stöhnt auf und lässt sich lang auf sein Bett fallen. „Du musst daran arbeiten, Car", meint er, „statt dich nur in Selbstmitleid zu suhlen."

„Selbstmitleid?", flüstere ich. *Ich? Selbstmitleid?* Ich hatte mich zurück ins Leben gestürzt, keine zehn Tage nachdem du mich verlassen hattest. Ich hatte mich sofort nach einer neuen Wohnung umgesehen. Drei Wochen danach hatte ich alles hinter mir gelassen, was ich kannte – nur um *dich* hinter mir zu lassen. Vier Wochen später hatte ich mich um einen Therapieplatz bemüht... und keinen bekommen, weil der Therapeutenmangel in Deutschland vollkommen unbeschreiblich ist. Seitdem kämpfe ich. Versuche alles aus meinem Leben zu schlagen, was nur möglich ist. Denn selbst die Hölle kann Spaß machen! Versuche alles, um nur nicht an dich zu denken.

*Selbstmitleid.* Liege ich vielleicht jeden Tag in meinem Bett und heule? Schreie ich verzweifelnd deinen Namen? Lasse ich das Leben schweifen, esse nichts, schlafe nicht, arbeite nicht?

„Ich kämpfe", wispere ich, ohne Jonas dabei anzusehen.

Er lacht auf. „Tut mir leid, aber... das sieht man nicht."

„Das siehst du nicht?", wiederhole ich ungläubig, „aber jeder außer dir kann das sehen." Dabei denke ich an Luis. Luis, der behauptet hat, es gäbe nichts, was ich nicht kann. Und an dich. *Nichts ist so schlimm, dass du das nicht bewältigen könntest,* hast du mir einmal geschrieben. Die Nachricht ist noch immer ein markierter Favorit in unserem Chat. In einem Chat mit einer inzwischen fremden Nummer. Du hattest damals ja noch keine Ahnung, wie sehr du deine eigene Aussage auf die Probe stellen würdest.

„Hey", meint Jonas nun und hebt trotzig die Arme. „Jedem das seine. Ich versuche – vielleicht im Gegensatz zu deinen anderen Freunden – einfach nur, dich weiterzubringen. Wenn du mit Kritik nicht umgehen kannst und lieber jemanden willst, der dich darin bestätigt, was für ein armes Ding du doch bist, suchst du bei mir einfach an der falschen Adresse."

Ich stehe von der Bettkante auf. Ziehe meine Schuhe und meine Jacke an. Mechanisch. Ich komme überhaupt nicht mehr aus dem Kopfschütteln heraus. Was zur Hölle passierte gerade?

„Okay", sage ich leise.

„Okay, was?"

„Okay, dann gehe ich mal lieber."

Jonas schnaubt abfällig. „Wenn du nicht wachsen willst."

Ich nicke bloß. Es lohnt sich nicht, ihm zu widersprechen. Ich begreife schnell, dass er nichts davon verstehen wird. Er sieht nicht, dass ich kämpfe. Obwohl ich kein bisschen verstehe, wie das Einzige, was ich Tag für Tag tue, unsichtbar sein kann. Ich öffne die Wohnungstür und schlüpfe hinaus.

Das Gute ist, diesmal realisiere ich schneller, was passiert ist, als damals, nachdem du mich verlassen hattest.

Das Schlechte ist, ich fange an zu weinen. Und das noch Schlechtere ist: Ich weine nicht, weil Jonas jetzt weg ist…, sondern weil ich nicht als nächsten Stopp zu dir rennen und mich über ihn ausheulen kann. Ich weine. Denn ich will zurück zu dir… nach allem, was war.

Am zweiten Juni teiltest du mir mit, dass du ausziehen würdest, da du fest davon überzeugt warst, dass mir das gut tun würde… und auch, weil du dich selbst in der Wohnung nicht mehr wohl fühltest, weil „dir die Decke auf den Kopf fiel, du ständig Kopfschmerzen hattest und hofftest, ein Tapetenwechsel würde es besser machen". Am dritten Juni küsste ich dich zum ersten Mal. Und du ließest es einen kurzen Augenblick lang zu, bevor du mich stopptest. Am neunten Juni küssten wir uns zum zweiten Mal. Dieses Mal hing es an mir, uns zu unterbrechen. Am vierzehnten Juni sagte ich, dass es mir egal sei, ob du mich auch lieben würdest – ich wollte dich. Du widersprachst mir, sagtest, dass sei nicht gut für mich und ich insistierte: „Du kannst mir diese Entscheidung nicht wegnehmen, Benno. Wenn du mich nicht wollen würdest, fein, aber ich weiß, dass du das tust. Was gut für mich ist oder nicht ist *meine* Entscheidung. Du kannst mich nicht ständig bevormunden." Und dazu stand und stehe ich. Dass du mein erstes Mal warst, das… das ist nun wirklich nicht deine Schuld.

Am zehnten August hatte ich das erste Mal Sex, der nicht weh tat.

„Ich mag dein Dauergrinsen", sagtest du und als wäre mein Gesicht nicht schon nur noch eine verzogene Fratze gewesen, wurde das Grinsen breiter.

*Ich mochte es auch,* denke ich nun spöttisch, *danke fürs Zerstören.*

Am elften August war es endgültig soweit und du zogst aus.

Am dreizehnten August schrieb ich dir Millionen verzweifelte Nachrichten, weil ich gerade eine – wie sich im Nachhinein herausstellte falsche – Diagnose bekommen hatte, die mir verbot, Tischtennis zu spielen. Im Nachhinein ist das ein lächerlicher Grund, um auszurasten. Aber gemischt mit deinem Auszug war das Gewicht für einen gesammelten Moment einfach zu viel.

Du kamst vorbei, zogst mich in deine Arme und hieltest mich fest. Wir hatten Sex. Wir sahen eine Folge Friends und während dieser... löste sich etwas in mir auf. Es waren nur zwanzig Minuten. Zwanzig Minuten in deinen Armen, dem sichersten Ort, den ich je kennen würde. Aber zu viel. Du würdest wieder gehen. Ich liebte dich und du würdest gehen. Du würdest nicht bleiben, ich würde allein sein, ich würde nicht kämpfen können, ich konnte ja schon so nicht... ich richtete mich auf. Ich war so urplötzlich aus deinen Armen aufgesprungen, dass du mich ganz perplex ansahst. Ich begann auf und ab zu laufen. Auf und ab und auf und ab. Rieb mit meinen Fingern über meine Schläfen.

*Er geht,* brüllte mein Kopf, *du liebst ihn, aber er geht.*

„Ich... ich...", hörte ich meine eigene brüchige Stimme.

Die Stimmen in meinem Kopf begannen zu toben. *Du bleibst allein. Er liebt dich nicht. Du bist schwach. Schwach, schwach, schwach! Niemand braucht dich. Niemand will dich. Niemand liebt dich. Du bleibst allein. Du bleibst allein. Allein. Allein. Allein.*

Ich riss meine Zimmertür auf und lief in die Küche. Lief ziellos auf und ab, kratzte mit den Fingern über die hervorstehenden Adern an meinem Unterarm.

*Stirb!*, brüllten die Stimmen, *Stirb nur, stirb! Er wird nicht bleiben, er braucht dich nicht. Du bleibst allein, allein, allein.*

Du tauchtest hinter mir in der Küche auf, „Ricarda", sagtest du.

*Er wird gehen.*

„Ricarda, hey, hey! Ich bin da!"

*Er braucht dich nicht. Er wird gehen. Du bleibst allein.*

„Allein", wimmerte ich und stoppte noch immer nicht mein wirres Hin- und her Gehetze. „Sterben…"

Du fasstest leicht meinen Arm an und die Berührung jagte einen Stromschlag durch meinen gesamten Körper. Endlich hörte ich auf, hin und her zu rennen und begann zu schreien. Meine Stimme war so schrill. Ich hatte Angst, sie würde mein Trommelfell zum Zerbersten bringen.

*Allein,* schrien die Stimmen, *Allein. Allein. Allein.*

„Hört auf!", kreischte ich, „nein, nein, hört auf!" Ich wurde wieder leiser, schüttelte verzweifelt den Kopf. „Sterben", hauchte ich erneut, „bitte… sterben." Der Tod konnte nicht schlimmer sein als das hier. Ich wollte nicht gehen. Aber ich wollte, dass es aufhörte! Verdammt, es *musste* um jeden Preis aufhören!

„Ricarda…", sagtest du noch einmal, verzweifelt, versuchtest noch einmal, mich zu berühren, aber ich begann, um mich zu schlagen. *Er liebt dich nicht,* lachte mein Kopf, *er liebt dich nicht. Er wird gehen.*

Und dann – plötzlich – brachtest du alle anderen Stimmen zum Schweigen, als du in einer blitzschnellen Bewegung nach dem Fleischmesser an der Magnetwand griffst, es in meine Richtung neigtest und „Ist es das, was du willst?!", brülltest.

Ich wich zurück, weinte noch immer. Aber du griffst nach meinem Handgelenk und drehtest es nach oben, sodass man die Ader darunter im schnellen Takt meines Herzschlags pulsieren sehen konnte. Du setztest die Messerspitze an und sahst mich an, die Augen voller Wut, voller Trauer, voller… Frust. „Ist es das, was du willst?", fragtest du noch einmal.

Alles andere war urplötzlich verstummt. *Ist es das, was du willst.* Jedes einzelne Haar an meinem Körper stellt sich auf, wenn ich nur an diese Worte denke. Es ist, als könnte ich sie noch immer genau hören.

„Bitte", wisperte ich und da verstandst du, was du gerade tatst, und ließest mich mit einem Mal los. Du ließest das Messer fallen. Es schepperte laut, als es auf den Boden fiel… das weiß ich noch. Und ich hob meinen Arm an und sah Blut.

Unwillkürlich reibe ich auch jetzt wieder über mein Handgelenk. Über den kleinen Punkt heller Haut, der sich vom Rest meines Arms abhebt.

Ich blutete damals nicht viel. Du hattest keinen wirklichen Schnitt gesetzt, eher gedrückt... fest. Ich legte mir selbst geistesgegenwärtig einen Verband an, während du nur da standest, vollkommen starr. „Ist alles okay bei dir?", fragte ich, sobald ich selbst versorgt war.

Und dann fingst du an, zu weinen. Du hörtest nicht auf, dir Vorwürfe zu machen. Bis du gehen musstest, redete ich auf dich ein, erzählte dir irgendetwas, was mir gerade in den Sinn kam. Alles – Hauptsache du warst abgelenkt. Ich selbst war wie in Trance gefangen. Alles in mir war verstummt und das war... befreiend und beängstigend zur selben Zeit. Alles, was ich wollte, war, dass deine Tränen trockneten.

*Mir* ging es gut. Ich stand aufrecht. Du hattest mir nichts getan. Als du ruhiger wurdest, drückte ich dir einen Energy-Drink in die Hand. Dann – irgendwann – sagte ich: „Ich denke, du solltest jetzt gehen." Es war damals genau 22:34 Uhr... manche Dinge vergisst man wohl nie. Ich küsste dich zum Abschied... und als die Tür hinter dir zufiel, ließ mich der dumpfe Knall zusammenzucken.

Ich ging nur langsam zurück in mein Zimmer, setzte mich aufrecht in mein Bett und löste den Verband. Meine Ader tuckerte, brannte... blutete ein wenig, obwohl der Einstich schon über eine Stunde her sein musste. Ich sah sie einfach nur an. Als wäre ich nicht dabei gewesen, als sie entstanden war. Als würde ich ihre Existenz nicht begreifen. Dann erneuerte ich den Verband und legte mich hin. Es dauerte Stunden... bis ich es endlich verstand, bis ich begriff, was gerade passiert war, was *du* getan hattest. Und dann endlich löste sich mein schweigendes Wach-Sein und ich begann zu weinen... Ich hörte mehrere Tage nicht mehr damit auf.

## *Kapitel 7*

Ich sitze draußen und ziehe meine Jacke eng um mich, um mich vor der kalt werdenden Novemberluft zu schützen. Ich starre auf mein Handy. Es ist keine drei Minuten her, dass ich Luis geschrieben habe: „Na – hast du schon spontan Zeit unser ‚nur-zu-zweit-abhängen' zu wiederholen? Bin gerade in der Nähe." Ich habe mir gesagt, ihm wenigstens zehn Minuten Zeit für eine Antwort zu geben, aber jede Sekunde kommt mir vor wie eine kleine Ewigkeit. Ich habe Heimweh. Aber ich will nicht zurück in meine Wohnung, sondern nur zu dir. Nach Hause.

Ich öffne unseren Chat. Unseren namenlosen Chat, weil ich deine Nummer vor Kurzem gelöscht habe, in der Hoffnung, dass würde etwas ändern… das tat es natürlich nicht. Ich starre dein leeres Profilbild an und die letzten Nachrichten, die ich dir geschrieben habe.

20.09., also vor sehr genau zwei Monaten: „Ich hoffe, du hast meine Nummer noch nicht gelöscht. Können wir reden? Ich bin jetzt so weit."

21.09.: „Ehrlich? Einfach keine Reaktion?"

Die letzte Nachricht hat keine blauen Häkchen, dein Profilbild konnte ich nicht mehr sehen, zwei Minuten nach dem ich sie abgesendet hatte.

Ich seufze, stecke mein Handy zurück in die Jackentasche und schniefe. Ich kann nicht sagen, ob das an der Kälte oder an mir liegt.

„Ich bin für dich da." Dein Geist setzt sich neben mich auf die Parkbank. „Ehrlich. Du willst nach Hause? Komm zu mir. Ich *bin* zuhause."

Ich schnaube bloß abfällig. Ich habe keine Energie, ihn anzuschreien. Alles, was ich in den letzten drei Monaten wollte, war eine Aussprache mit dir. Auf neutralem Grund. Eine, bei der du mir versicherst, dass du nie die Absicht hattest, mich zu töten. Denn ehrlich gesagt… bin ich mir da bis heute nicht sicher.

„Es war ein Unfall", wispere ich auch jetzt vor mich hin, so wie ich es mir seit Monaten vorsage. „Ein Unfall."

Aber du hast mir das nie bestätigt. Du hast dich nie entschuldigt. Also habe ich statt deiner dein Echo, deinen Schatten, deinen bösen Zwilling, *meine* Halluzination: Deinen Geist.

„Er hat es versprochen", flüstere ich, spüre, wie meine Stimme erstickt und meine Augen noch mehr Tränen hervorbringen. „Er hat versprochen, mich nicht zu verlassen."

„Ich weiß", haucht dein Geist verständnisvoll und legt einen Arm um meine Schulter. Ich krümme mich unwillkürlich zusammen. „Nicht", wispere ich.

Dein Geist seufzt und sieht mich herausfordernd an. „Wieso lässt du mich dir nie helfen?"

„Weil du immer im nächsten Moment dein Messer zückst."

Daraufhin grinst er breit, was mir einen Schauer über den Rücken jagt. „Du bist wirklich schwer zu verstehen, Ricarda", meint er, „du willst doch deinen Benno, oder? Ist es denn nicht genau das, was er tut? Dich in Sicherheit wiegen, um dir weh zu tun?"

Ich stehe auf. „Nein", widerspreche ich, ziehe die verschnupfte Nase hoch und wische mir mit dem Ärmel über die Augen. „Er hat es nicht mit Absicht getan, er ist nicht…" *Nicht du,* will ich sagen oder besser noch schreien, aber die Worte kommen einfach nicht über meine Lippen.

Was ich mir eingestehen muss, ist, dass ich nicht weiß, wer du bist. Nicht mehr.

Mein Handy vibriert. Kurz lässt mich das zusammenzucken, dann atme ich auf und öffne Luis' Nachricht: „Wieso sitzt du noch nicht auf meinem Bett? Bis gleich!" und ein Zwinker-Smiley. Ich ziehe noch einmal tief die Luft ein, putze mir die Nase und wische die letzten Tränen weg. Dein Geist sitzt nicht mehr auf der Bank vor mir. „Genug vom Selbstmitleid", sage ich in die kühle Luft hinein und irgendetwas an diesem selbstzerstörerischen Humor lässt mich tatsächlich lächeln. „Ich treffe jetzt einen Freund."

„Hey", begrüßt mich Luis fröhlich, als er die Tür zu seiner WG aufreißt, gleich danach hört er auf zu grinsen und sieht mich stattdessen besorgt an. „Was ist los?"

Er fragt gar nicht erst, *ob* etwas nicht stimmt, sondern direkt, was es ist. Ich lache kurz auf, es klingt gequälter als beabsichtigt. Ob ich wohl wirklich so schlimm aussehe?

„Ich schätze, ich habe gerade die Sache mit Jonas beendet", antworte ich… was die Wahrheit ist und irgendwo dennoch eine glatte Lüge, denn ich weiß ja ganz genau, dass ich nicht deswegen ein verheultes Wrack bin.

„Oh", macht Luis – mehr sagt er erstmal nicht, nur ‚oh'.

Ich schüttele den Kopf, „Tut mir leid, ich bin nicht hier, um dich voll zu weinen. Lass mich kurz ins Bad, ok? Dann bin ich gleich wieder frisch."

„Ja, sicher", antwortet Luis verdutzt und tritt aus dem Weg, damit ich das Bad direkt neben der Haustür betreten kann. „Aber das mit dem Vollheulen ist echt nicht schlimm. Wir können drüber reden, wenn du willst. Ich kann zuhören, versprochen!"

Ich gebe ihm als Antwort ein kleines Lächeln und schließe die Badezimmertür hinter mir ab. Ein Blick in den Spiegel beantwortet meine vorige Frage: Ja, ich sehe wirklich so schlimm aus. Genauer gesagt sehe ich grauenvoll aus. Meine Haare sind zerzaust, meine Augen rot und gequollen, der Bereich um meine Nase wund. Ich wische mir erneut über die Augen. Sie tränen noch immer und nach fünf Versuchen gebe ich es auf. Stattdessen streiche ich notdürftig meine Haare glatt, fahre mit meinen Fingern hindurch, um wenigstens grob die Knoten zu lösen. Nach zwei Minuten starre ich mich immer noch im Spiegel an, die Augen unverändert gerötet und wässrig glänzend. Es nutzt nichts, mehr kann ich wohl gerade nicht ausrichten.

Ich öffne die Badezimmertür wieder und finde Luis in der Küche.

Er lächelt mich an. „Mein Zimmer ist das da", sagt er und deutet auf die Tür hinten rechts. Er steht auf und läuft vor. „Kleiner als deine Wohnung", meint er, „ich weiß, aber ich hab alles Notwendige." Ich nicke. In den Wohnheimen ist alles genormt, das Zimmer ist genauso groß wie das von Jonas. Luis hat einen großen Schreibtisch, ein breites Regal, auf dem ein Fernseher steht und ein 1,40m breites Bett. Die Wände darüber sind von unzähligen wirren Zeichnungen gesäumt: Das meiste davon sieht auf den ersten Blick nach Bleistift und Aquarell aus. Ich will nicht neugierig starren, setze mich also stattdessen auf das Bett und lehne meinen Rücken gegen die Wand.

„Also", sagt Luis, während er sich den Schreibtischstuhl ran zieht und sich mir gegenübersetzt. „Was ist passiert? Du musst natürlich nicht darüber sprechen, wenn du nicht willst! Wir können auch einfach eine Serie einschalten, du hast von Netflix und Prime freie Wahl."

Ich ringe mir ein Lächeln ab. „Schon okay", sage ich, „es ist eigentlich keine große Geschichte… Jonas…", ich zögere kurz, „… hat etwas Verletzendes gesagt, also macht eine Freundschaft wohl keinen Sinn… und Sex schon gar nicht."

Luis sieht mich stirnrunzelnd an. „Was hat er denn gesagt?"

Ich erwidere seinen Blick. Ich weiß nicht genau, was ich in ihm suche… vielleicht einen Grund, ihm nicht zu vertrauen. Aber ich finde nichts als pure Neugierde mit einem Hauch von… Besorgnis. *Freundschaft,* rufe ich mir wieder in Erinnerung. *Ich wollte es wirklich Mal mit einer echten Freundschaft probieren.* Also mache ich auf: „Manchmal… manchmal hängt mir das mit Benno noch nach. Und Jonas hielt das für schwach."

„Der, der…", Jonas deutet auf meinen Arm und ich nicke. Wieder verdecke ich mit meiner Hand meine Narbe, ohne es zu merken. Das ist wie ein antrainierter Reflex.

„Wie lange ist das nochmal her?", will Luis wissen.

Heute ist der 21.11. „Drei Monate", flüstere ich, „und acht Tage."

„Und das hängt dir manchmal noch nach?" Ich kann nicht sagen, weshalb Luis dabei so belustigt klingt und nicke irritiert, woraufhin er anfängt, zu lachen… was mich noch mehr verwirrt.

„Was…?", frage ich leise, doch er lacht weiter. „Alter, Car…", sagt er dann. „Ich glaube, nichts macht dich so… menschlich wie das. Drei Monate sind doch keine Zeit."

Ich zucke mit den Schultern. Luis hat ja auch keine Ahnung, wie schlimm es wirklich ist. Andererseits… hatte Jonas das auch nicht.

„Du bist doch so verdammt glücklich, nachdem…", wieder deutet er auf meinen Arm, zuckt dann mit den Schultern.

„Ich weiß ja wirklich nicht viel von dieser Geschichte, ja, nur eben…, dass dieser Typ – Benno – das getan hat. Aber das ist ja schon nicht gerade wenig. Und da finde ich es eher enorm beeindruckend, wie normal du weitermachen kannst."

„Es gibt nichts, was ich nicht hinbekomme", murmele ich mehr zu mir als zu Luis. Ich mag es, dich damit zu zitieren. Womöglich ist es die einzige Wahrheit, die du je ausgesprochen hast. Es macht mir Mut, denn es heißt, ich *werde* es hinbekommen. Aber noch… noch habe ich das nicht. Ich lebe nicht, ich überlebe – das ist ein enormer Unterschied, den auch Luis nicht begreifen kann.

„Und falls du doch nicht normal weitermachen kannst…", redet Luis munter weiter, „… lass dir halt helfen. Nimm dir mal ne Auszeit, besuch eine Tagesklinik. Meine Schwester war sechs Wochen in Reha, vorher hat sie ihr ganzes Studium durch prokrastiniert und nichts dafür getan. Jetzt schreibt sie ihre Bachelor-Arbeit."

Plötzlich hat Luis tatsächlich meine volle Aufmerksamkeit. Tagesklinik. Einen festen ambulanten Therapieplatz hatte ich nicht bekommen, aber das war tatsächlich einen Versuch wert. Vielleicht wäre das wirklich gut für mich. Einfach mal aus meinem Alltag aus Uni und feiern rauszukommen. Einfach mal… nicht zu verdrängen, sondern tatsächlich darüber zu *reden*. Und zwar mehr als das „Ach, meinem Ex ist das Messer ausgerutscht", das jeder, der mir begegnet, um die Ohren gehauen bekommt. Vielleicht ist das genau die Pause, die ich brauche. Natür-

lich nur, sofern sie in meinen Kalender passt. Nicht auszu-
denken, was eine Verzögerung meines Studiums mit mir
anstellen würde: Ich würde mich fühlen, als hätte ich
endgültig versagt.

*Tagesklinik.* Ich mache mir eine mentale Notiz – schreibe
mir eine Rechercheaufgabe für den nächsten Vormittag
auf.

„Car?" Luis reißt mich aus meinen Gedanken.

„Ja", sage ich schnell, „ja, das werde ich mir ansehen."

„Und wenn du in der Zwischenzeit reden willst oder auch
nur jemandem zum Abhängen brauchst, steht dir meine
Tür offen."

Ich hebe ermahnend meinen Zeigefinger. „Aber kein
Date."

„Kein Date", antwortet Luis leise und drückt kurz meine
Hand. „Nein, ich glaube, das ist tatsächlich das letzte, was
du gerade brauchst. Und nimm es mir nicht übel, aber
Jonas war definitiv auch nicht das Beste, was du nach
dieser… Sache hättest tun können."

Ich seufze und sehe Luis verdrossen an. Wir kannten uns
so kurz… und doch hatte er so recht. „Schauen wir uns
jetzt einen Film an?", wechsele ich das Thema.

„Sicher", Luis reicht mir die Fernbedienung und kommt
gleich darauf neben mich aufs Bett, lehnt sich ebenfalls
gegen die Wand. „Jeden, den du willst."

## Kapitel 8

Die Woche vergeht. Es ist eine Woche, in der ich statt jeden Abend nur jeden Zweiten ausgehe. Und dabei nicht eine Person küsse. Keine neue Nummer zu meinen Kontakten hinzufüge. Eine Woche, in der ich verhältnismäßig viel Zeit mit mir allein verbringe und mich auf meinen Sport konzentriere. Es ist irgendwie, als hätte sich ein Schalter in mir umgelegt. Als hätte ich endlich – nach drei langen Monaten – entschieden, für den wahren Verarbeitungsprozess bereit zu sein. Neben Montag gehe ich diese Woche auch Mittwoch zum freien Training, weil ich mich entschieden habe, am Sonntag an einem Turnier teilzunehmen. Kein großes – nur Vereinsmeisterschaften.

Und trotzdem bin ich dieses Mal irgendwie nervöser als sonst und das hat einen ganz einfachen Grund: Luis hat gefragt, ob er zuschauen kann.

Ich frage mich, wie lange es her sein muss, dass ich eine normale – eine aufrichtige – Freundschaft geführt habe, dass mir das jetzt so endlos viel bedeutet. Jonas jedenfalls ist selbst dann nicht zum Zuschauen gekommen, wenn ich ihn gefragt habe, ob er nicht mal Lust hätte: „Ich würde gerne", hieß es immer, „aber ich hab keine Zeit, tut mir leid."

Luis und ich kommen ca. eine Stunde vor meinem ersten Spiel an. Ich werde heute insgesamt zwei Mal spielen, wenn es gut läuft – dafür müsste ich das erste Spiel gewinnen. Mit anderen Worten: Am heutigen Tag sind sowohl Viertelfinale als auch Halbfinale angesetzt. Zumindest bei den Damen der Jahrgänge 1996 bis 2001. Das Finale wird dann am Sonntag der nächsten Woche ausgetragen. „Die Halle hat eine Galerie", erkläre ich Luis, als wir sie betreten und ich mich zur Damenumkleide verabschieden muss, „kannst du nicht übersehen. Mach's dir da gemütlich, ist ein toller Blick auf die Platten, versprochen!"

„Okay, dann wünsche ich dir schonmal viel Glück!", meint er und umarmt mich kurz.

Ich ziehe mich um und betrete die Halle. In dem Bereich, der von der Galerie aus perfekt einzusehen ist, sind drei Platten aufgebaut, an dem die Wettkampfspiele stattfinden. Weiter hinten stehen noch mehr Platten zum Üben und Aufwärmen. An einer davon entdecke ich Finn, der gerade ein lockeres Spiel gegen Elisa führt. Von ihr weiß ich nicht viel. Eigentlich nur, dass sie definitiv nicht zu meiner Zeit trainiert, aber in meiner Kohorte ist. „Na, schon fit?", frage ich.

„Aber sicher", antwortet Finn, ohne seinen Blick von der Platte zu wenden. „Und bei dir? Musst du dich auch noch aufwärmen?"

„Ja, bin grad erst angekommen."

„Zwei Ballwechsel noch, Elisa, okay?", ruft er seiner Spielpartnerin zu, „dann spiele ich mit Car weiter."

Elisa nickt und lächelt mich kurz zur Begrüßung an, als sie meinen Blick auffängt.

Als ich vierzig Minuten später zu den Wettbewerbsplatten laufe, sehe ich suchend zur Galerie nach oben und kann Luis am Geländer stehen sehen, der mir zulächelt und mir zwei Daumen nach oben entgegenstreckt. Das ist irgendwie echt schön... es ist ewig niemand mehr für mich da oben gewesen und dabei ist heute nicht mal ein bedeutsamer Spieltag.

Meine Gegnerin ist gut vier Jahre älter als ich und zu anderen Zeitpunkten habe ich bereits gegen sie verloren. Neben den Vereinsmeisterschaften sehe ich sie auch ab und an, wenn ich mittwochs zum freien Training gehe. Doch heute unterliege ich nur im ersten Satz und gewinne danach drei in Folge. Auf der Platte neben mir wurde Elisa von Kira, die ebenfalls montags trainiert und sich ab und an bei unseren Rundlauf-Albereien anschließt, sehr schnell hintereinander drei Mal besiegt.

„Gutes Spiel", lobt Kira mich, als ich den Schläger ablege und einen Schluck trinke, „aber gerade deswegen gibt es gleich keine Schonfrist."

Ich lächle leicht. Kira spielt insgesamt besser als ich, das wissen wir beide. Trotzdem *kann* ich gewinnen – wenn ich einen guten Tag habe... und etwas Glück. Mein Problem ist, dass meine Konzentration nachlässt, wenn Spiele länger dauern. Wenn ich das in den Griff bekomme, habe ich eine Chance. „Ich werde versuchen, es dir nicht all zu leicht zu machen", verspreche ich.

Kira lacht. Nach unseren werden die anderen zwei Spiele des Viertelfinales ausgetragen, weshalb wir eine unbestimmte Zeit lang Pause haben – mindestens eine halbe Stunde. Ich steige die Treppe zur Empore nach oben, wo Luis sich noch immer über das Geländer lehnt. Es sind nicht viele Menschen hier – wie das bei einem Vereinsspiel eben so ist.

„Du hast gewonnen", stellt Luis grinsend fest, als ich zu ihm trete.

Ich lache kurz. „Ja und das heißt, du siehst mich heute sogar zwei Mal spielen."

„Was bin ich doch für ein Glückspilz."

Ich ziehe mir einen Stuhl ran und nutze die Pause, um etwas zu sitzen. „Wo ist eigentlich dein weiteres Publikum?"

Ich sehe auf: „Was?"

„Na, wer schaut dir sonst so zu? Oder bin heute echt nur ich da?"

Ich schnaube kurz. „Heute oder sonst… nur du. Ich hab kein Publikum."

„Lässt du dir nicht gerne zusehen?"

„Das ist es nicht, ich…" Ich suche nach einem Weg, es richtig auszudrücken. „… Ich hab seit meinem Umzug nicht mehr oder nicht wieder so wirklich enge Kontakte aufgebaut."

„Oh."

Ich nicke bloß und Luis sieht mich so lange an, bis ich meinen Blick wieder hebe. „Ich bin ja jetzt da, oder?", meint er, woraufhin ich wieder nicke und ein klein wenig lächle. „Also gehst du jetzt runter und gewinnst mir noch ein Spiel?"

Jetzt lächle ich wirklich, stehe auf und wiege die Hand hin und her. „Kira ist stark", erkläre ich, „aber ich geb mir Mühe."

„Na gut, wenn du das sagst."

Ich mache mich wieder auf den Weg zur Treppe und als ich fast schon auf der ersten Stufe bin, ruft Luis mir noch nach: „Car!"

Ich drehe mich um, „hm?"

„Gehen wir danach was essen? Ich verhungere!"

Ich strecke einen Daumen hoch und hüpfe die Treppe runter. Ich kann mich nicht daran erinnern, wann ich zuletzt so gegrinst habe... aber es muss irgendwann vor Jonas gewesen sein. Irgendwann... vor dir.


Den Erwartungen entsprechend verliere ich. Aber Kira bedankt sich danach für ein spannendes Match, sie meint, sie hätte echt kurz geglaubt, ich würde sie noch kriegen. Sie gewann den ersten Satz, ich den zweiten und den dritten – den dritten mit einem Endstand von 16-14 und dann gewann sie vier und fünf. Demnach bin ich keineswegs schlecht gelaunt, als ich frisch geduscht mit Luis aus der Halle trete. „Ich spiele nächste Woche trotzdem noch", erkläre ich, „um den dritten Platz – den könnte ich kriegen, dann gibt's einen neuen kleinen Bronze-Pokal für meine Sammlung."

„Darf ich wieder zusehen?"

Ich sehe Luis verblüfft an. „Es ist nur ein Vereinsspiel. Um einen dritten Platz."

„Und?"

Ich lächle. „Klar", antworte ich dann, „wenn du willst, gerne."

„Ich fand es echt cool", versichert mir Luis auf dem Weg zur nächsten Pizzeria, „als würde es nicht schon reichen, dass du die beste Partybegleitung und Sängerin bist. Seit wann spielst du schon?"

„Seit ich zwölf bin", antworte ich, „mal mehr, mal weniger aktiv."

„Muss cool sein, so eine Leidenschaft zu haben."

*Oh ja,* denke ich. „Ohne Tischtennis…", meine Antwort kommt zögerlich, „… weiß ich nicht so wirklich, wer ich bin."

Luis sieht mich kurz so an, als versuche er, tiefer zu blicken – als wollten sich seine Augen einen Weg unter meine Haut bohren. „Düsteres Bild", erwidert er dann.

Ich zucke mit den Schultern. „Aber so ist es."

Er nickt schnell. „Ich weiß absolut, was du meinst. Ein bisschen… geht es mir so mit dem Zeichnen", er lacht kurz und zuckt mit den Schultern. „Nur dass ich damit keinen Erfolg habe und Pokale sammle. Außer mir interessiert es wohl niemanden, was ich aufs Papier bringe."

„Die Bilder an deinen Wänden…", frage ich, „… die sind alle von dir?"

Luis nickt.

Wir kommen bei der Pizzeria an, suchen uns einen Platz und geben unsere Bestellung auf.

„Ich habe zwischendurch auch mal gezeichnet", greife ich den Faden wieder auf, „also früher als Kind. Talent hatte ich nie."

„Dabei muss es auch nicht um Talent gehen. Das Spannende ist eher – also jedenfalls für mich – das expressionistische."

„Du zeichnest, was du fühlst?"

Er nickt.

„Ich glaube, ich muss deine Wände doch nochmal genauer unter die Lupe nehmen."

Jetzt grinst Luis wieder, sucht etwas auf seinem Handy raus und hält es mir entgegen: „Hier, ein Beispiel. Meiner Meinung nach das Beste, was ich bisher gezeichnet habe. Das war weniger für mich, eher für meine Schwester… vor ihrer Reha."

Die Zeichnung ist nur mit Bleistift angefertigt und mir stockt fast der Atem. Luis ist unfassbar begabt. Es zeigt ein Mädchen, das sich in einer Ecke zusammenkauert, ihr Gesicht ist zwischen ihren Schenkeln versteckt. In einer gezackten Denkblase neben ihr ist sie erneut zu sehen – das Gesicht zu einem Schrei verzogen, ihre Augen genau so durchnässt wie ihre Kleidung. Die Bedeutung ist deutlich: Nach außen hin versteckt sie sich bloß, aber im Inneren kreischt sie. Ich bin anders und doch erkenne ich mich wieder… ich verstecke mich nicht physisch und doch weiß keiner, wie es mir wirklich geht.

Luis steckt sein Handy wieder ein und räuspert sich. „Mir ging es nicht gut damit, wie schlecht es ihr ging und so konnte ich es… rauslassen."

*Rauslassen.* Ich habe das Gefühl, in mir setzt sich ein Puzzle zusammen. Aber ein paar Teile fehlen trotzdem noch.

Gleichzeitig bin ich fasziniert davon, wie wenig man über die Menschen weiß. Wie verdammt oberflächlich die Welt ist. Bis ich ihn näher kennenlernte, war Luis für mich bloß einer aus der Clique. Einer vom Karaoke. Einer, der gerne abends weg ging und ein oder auch zwei Mischgetränke zu viel trank. Jetzt stellt sich heraus, dass auch er etwas mit sich herumträgt. Seine Schwester, die sechs Wochen in einer psychosomatischen Reha-Klinik verbracht hat. Wenn sie sich als Geschwister nahestehen, war das damals sicher belastend für ihn.

„Alles okay?", Luis sieht mich etwas belustigt an und ich bemerke, dass ich ihn bloß wortlos angestarrt habe. Nun schüttele ich den Kopf, werfe die sprudelnden Gedanken ab, die nach den letzten Puzzlestücken suchen. „Ich will das auch", sage ich unvermittelt – die Worte überraschen mich garantiert mehr als ihn.

Luis legt den Kopf schief. „Was denn?"

„Es rauslassen." *Also nicht mehr durch Sport und Party kompensieren – nein! Es **rauslassen.*** Der Gedanke ist nicht neu und doch fühlt er sich zum ersten Mal richtig an… zum ersten Mal *machbar.*

Luis lächelt. Er sieht verdammt aufrichtig glücklich aus. „In dem Fall wäre es mir eine Ehre, wenn ich dir helfen darf."

## *Kapitel 9*

Ich atme auf, als ich mein fertiges Werk betrachte. Es sind beinahe weitere zwei Wochen vergangen. Ausnahmsweise bin ich mit meinen Uni-Aufgaben fast im Rückstand (nur fast! Natürlich ist immer alles pünktlich fertig, nur eben nicht mehr über eine Woche vorher). Das liegt daran, dass ich meine Zeit anders verwendet habe: Ich habe mich in die Kunst gestürzt. Ich habe mit Bleistift gezeichnet, mit Wasserfarben, mit Acryl und Ölstiften. Und schließlich digital auf meinem Tablet. Und sobald ich mich erstmal mit allen Tools des Programms, das ich mir für 10€ gegönnt hatte, angefreundet hatte, hatte ich *meine* Art zu zeichnen gefunden. Das faszinierende am Zeichnen jeder Art war, wie ich darin abtauchte. Ich saß teilweise Stunden am Tablet oder vor meinem Blatt Papier und dein Geist konnte mir nichts anhaben. Solange ich zeichnete, musste er schweigen. Dennoch hatte ich bis heute eigentlich nur rumgeblödelt. Ein paar graue Kreise hier, rote Linien da, aber das hier… das ist… brutal.

Ich beende soeben die Zeichnung eines Mädchens – mit blonden Haaren und rotem Backlayer, die Bedeutung ist also ‚total' versteckt. Sie steht mit schiefen Beinen da, hat die Kapuze ihrer Sweatjacke auf. Ihr Blick ist gesenkt und doch kann man noch sehen, dass das Gesicht fehlt, sie hat weder Mund, Nase noch Augen. Ihre Arme sind von ihrem

Körper abgestreckt, die Sweatjacken-Ärmel hochgekrempelt und aus ihrem rechten Handgelenk ragt eine Scherbe, die genauso lang ist wie ihr Unterarm. Blut fließt daran entlang und fällt in Tropfen auf den Boden. Der Hintergrund ist eine wirre graue Masse und doch kann man darin Formen erkennen – schemenhafte Personen, die ihr ins Ohr flüstern. Geister... aber das ist wohl Interpretationssache.

Das Bild ist perfekt. Das bin ich. Zu 100% ich.

Ich sehe es eine ganze Weile an, dann seufze ich. Das Werk ist vollbracht und damit taucht eine kleine Leere in mir auf. Mein Blick flackert vom Display auf das Datum in der rechten unteren Ecke. 10.12. Die Feiertage rücken näher und machen mich nervös. Ich liebe Weihnachten so sehr, aber dieses Jahr fühle ich mich nicht besinnlich. Dieses Jahr ist alles anders. 10.12. Und das heißt, es sind noch drei Tage bis zum nächsten Stichtag. Vier Monate.

Ich schüttele den Kopf. Wieso zur Hölle belastet mich das nur so sehr? Du bist gegangen. Ich habe unsere Wohnung verlassen, unsere Stadt verlassen. Ich habe neu angefangen und bin super erfolgreich. Ich zwinge mich vom Display auf und zu dem neuesten Pokal auf meiner Fensterbank zu gucken. Dritter Platz in der Kategorie weiblich, Jahrgänge 1996-2001. Gewonnen am 04.12.2022.

Vier Monate.

Ich kneife die Augen zusammen und versuche den Gedanken zu verbannen. Das war bisher noch immer so gewesen. Egal, was ich tat – ob ich versuchte, meinen

Gefühlen durch Zeichnen ein Ventil zu geben oder sie durch ständiges Feiern in eine Ecke presste – am dreizehnten eines jeden Monats kamen sie aus ihrem Loch gekrochen und überfielen mich.

Aber es ist noch nicht der dreizehnte. Ich habe noch Zeit!

Vier Monate.

„Sei still", flüstere ich und plötzlich steht er wieder neben mir. Ich blinzele ihn an – mürrisch. „Was willst du?"

Dein Geist deutet mit einem Nicken auf mein Tablet. „Was hast du gezeichnet?"

„Das, was du aus mir gemacht hast."

Er lacht kurz und als ich nicht einstimme, hört er abrupt wieder damit auf. „Ricarda…", flüstert er – einfühlsam, wovon ich genauestens weiß, wie verdammt geheuchelt es ist. Er kommt näher und als ich mich nicht bewege, setzt er sich neben mich und legt behutsam einen Arm um meine Schulter.

Ich schüttele den Kopf, doch er weicht nicht zurück. „Ich bin ja da", sagt er, „bin ja da."

„Bist du nicht", stoße ich hervor und springe auf. „Du bist nicht echt."

Er sieht mich bloß an. Seine Augen sehen so real aus, dass es zum Heulen ist.

„Du bist nicht echt", wiederhole ich, „du hast mich im Stich gelassen."

Bei den letzten Worten kann ich meine eigene Stimme brechen hören. Meine Knie lassen nach und ich sinke auf den Boden neben meinem Bett. „Nicht echt", wiederhole ich und schüttele unentwegt den Kopf, „nicht hier."

„Ich bin hier", haucht dein Geist.

„Nein, nein", protestiere ich, „nein, das bist nicht du. Du... du..." Ich beginne zu weinen und wäre mein Herz nicht schon längst gebrochen, würde es das bei diesem Geräusch endgültig tun. „... Du hast mich im Stich gelassen. Hast mich fallen lassen. Du bist gegangen. Du..." Mein Schluchzen wird lauter und verschluckt meine letzte Frage. Die wahre Frage. Die, die ich bisher kaum ausgesprochen habe und um die sich die gesamte Hölle rankt, die ich mein Leben nenne: „Wie konntest du nur?"

„Ich bin noch hier", sagt dein Geist und diese Lüge kostet mich fast meinen Verstand.

*Meinen Verstand.* Der Gedanke lässt mich auflachen. Mit verschnupfter Nase und durchnässtem Gesicht sitze ich auf dem Boden und kugele mich fast vor Lachen. Erneut denke ich, dass mich meine Nachbarn für bekloppt halten müssen – vollkommen berechtigterweise. „Kostet mich meinen Verstand", ich spreche es laut aus, bekomme den Satz nur stückweise zu Ende, weil ich meinen Mund kaum vom Lachen abhalten kann. „... Welchen gottverdammten Verstand?"

So aus dem Nichts wie dein Geist heute aufgetaucht ist, verschwindet er auch wieder. Ich bemerke allerdings erst, dass ich allein in meiner Wohnung auf dem Boden sitze, als mein Lachanfall - und man muss wirklich dazu sagen, keiner von der guten Sorte - endlich ein Ende findet. Ich atme ein paar Mal rasselnd ein, dann greife ich nach der am nächsten liegenden Packung Taschentücher und wische mir die Tränen und den Schnodder aus dem Gesicht.

Schließlich richte ich mich langsam auf, stelle mich vor den Spiegel und starre mich an. Meine Haare sind ein einziges Chaos und mein Gesicht sieht ehrlicherweise auch nach drei verbrauchten Taschentüchern nicht viel besser aus. „Have I gone mad?", frage ich leise. „I'm afraid so", antworte ich dann, „but I'll tell you a secret – all the best people are."

Es ist ein Zitat. Alice im Wunderland. Und es ist so etwas wie mein Mantra – mein Glaube daran, dass ich noch nicht vollkommen verrückt geworden bin, selbst, nachdem mich dein Geist besucht.

Ich seufze. Höchste Zeit, dass ich endlich eine Bewilligung zur Tagesklinik bekomme.

Ich greife kurzentschlossen nach meinem Handy und tippe eine Nachricht an Luis: „Neue Zeichnung. Ziemlich hart. Kann ich vorbeikommen?"

„Gib mir ne Stunde", schreibt Luis zurück mit einem Tränen lachendem Emoji, „bin quasi grad erst aus dem Bett gefallen."

Ich sehe auf die Uhr und grinse. „Bestellen wir dann Burger?"

„Yummi, Frühstück" und der zwinkernde Emoji.

Ich schicke den Lachenden zurück.

Circa eineinhalb Stunden später sitze ich im Schneidersitz auf Luis' Bett und sehe ihm dabei zu, wie er die Zeichnung auf meinem Tablet betrachtet. „Krass", sagt er schließlich und spricht gleich danach denselben Gedanken aus, den ich auch schon hatte: „Wie sieht es mit der Therapie aus?"

Ich zucke mit den Schultern. „Nichts mehr gehört. Sollte eigentlich jeden Tag Rückmeldung bekommen."

Er nickt, sieht sich noch einmal die Zeichnung an und reicht mir dann das Tablet zurück. „Wie geht es dir?", fragt er dabei.

*Wie geht es dir.*

Ich horche auf und in mich hinein. Ja, wie geht es mir eigentlich?

*Gut,* ist mein erster Reflex, denn ich sehe deinen Geist jetzt immer seltener und bin erfolgreich. Super erfolgreich. Super stark. Ich bin stark. Oder?

Aber macht das „gut" aus? Habe ich nicht vor weniger als zwei Stunden noch auf dem Boden gekauert und mit jemandem geredet, der mein Leben verlassen hat? Habe ich nicht noch über etwas geklagt, was beinahe vier Monate her ist?

Verdammt, da ist er wieder. Der Gedanke an unseren Stichtag.

„Car?"

Ich zucke zusammen, dann gewinnt mein Reflex und meine Antwort klingt wie ein kleiner Aufschrei: „Gut!"

Luis zieht die Augenbrauen hoch. „Hm", macht er, woraufhin ich aufseufze. „Tut mir leid", sage ich, „es ist nur... ich weiß nicht, was ich dir sagen soll."

„Das mag jetzt abwegig klingen", sagt Luis sarkastisch, „aber... probier's doch mal mit der Wahrheit."

Ich fange an schnaubend zu lachen. „Die Wahrheit..."

Luis sieht mich schweigend an, wartet darauf, dass ich meine Worte finde und als ich es endlich schaffe, meinen ersten Satz zu formulieren, sprudeln sie nur so aus mir heraus, als hätten sie seit Ewigkeiten nur auf diesen Moment gewartet: „Die Wahrheit ist, dass ich mein Leben liebe. Ganz ehrlich, das tue ich. Ich kann ausgehen und feiern, wann ich will. Ich kann Tischtennis spielen, so viel ich will und dabei kommt die Uni nicht einmal zu kurz. Die Wahrheit ist, dass ich verdammt nochmal alles habe, ich aber einfach nicht glücklich bin, weil ich...", ich deute heftig auf die Zeichnung, „... weil ich gesichtslos bin. Gefangen. Eingefroren. Weil ich *tot* bin. *Er* hat mich umgebracht und ich lebe dieses fantastische Leben, ich bin nur so überhaupt nicht... *lebendig*."

Luis sieht mich eine ganze Weile lang nur wortlos an. Ich kann nicht sagen, was in seinem Blick liegt. Zu Teilen Mitgefühl... vielleicht sogar so etwas wie Faszination. Ich schnaube erneut – wütend diesmal. Wütend darüber, dass ich bemerken muss, dass ich schon wieder angefangen habe, zu heulen. Herrgott nochmal, wann würde das endlich aufhören? Wann würdest du mich *endlich* in Ruhe lassen?!

Schließlich nimmt Luis mich in den Arm. „Du wirst das hinkriegen, Car", murmelt er direkt neben meinem Ohr, „du bist schon so verdammt weit gekommen."

Ach ja? Ich schluchze. Ich will nicht weinen. Ich will verdammt nochmal nicht weinen, aber ich weiß nicht mehr, was ich tun soll. Ich habe so vieles versucht, aber ich stehe noch immer ganz am Anfang. Verdammt, so läuft doch keine normale Trennung ab! Aber es *ist* ja auch keine normale Trennung, denn du... denn du... „Er hat versucht, mich umzubringen." Die Worte kommen nur einzeln aus mir heraus und jedes einzelne brennt wie eine Scherbe, die direkt in das Innere meiner Brust gestoßen wird.

Luis' Umarmung wird fester. „Ich weiß", sagt er leise.

„Und niemand sieht das", fahre ich unbeirrt fort – als hätte ich ihn gar nicht gehört. „Niemand sieht, was ich durchmachen musste. Wie verdammt stark ich bin."

Luis löst sich von mir und packt mich fest bei den Schultern. „Ich sehe das", sagt er und hält meinen Blick mit seinen Augen fest. „Glaub mir bitte, ich sehe das. Und ich bewundere dich so sehr dafür."

Es ist unfassbar, wie ich mich aufführe.

Hier sitze ich bei diesem Jungen, der irgendwie so etwas wie mein bester Freund geworden ist und weine mir die Augen aus. Wegen etwas, was das alles absolut nicht wert ist. Wegen *dir*. Wegen dir, Gott verdammt, wegen dir! Weil du mich allein gelassen hast! Weil du mich verletzt – körperlich verletzt – hast und nicht mal geblieben bist, um zu sehen, ob ich damit klarkomme! Du Arschloch. Du feiges, verlogenes Arschloch!

Die hochköchelnde Wut tut gut. Verdammt gut. Sie lässt meine Tränen verdampfen. Ich atme rasselnd ein und schäle mich langsam, aber bestimmt aus Luis' Griff.

„Geht es wieder?", fragt er leise, was ich mit einem Nicken bestätige. „Das ist nur…", sage ich lahm, „…nur weil der Tag wieder näher rückt. Der dreizehnte. Danach wird es wieder leichter." Ich halte das für die Wahrheit. Dein Geist war nach Wochen, die er beinahe komplett geschwiegen hatte, plötzlich wieder da, mit derselben Intensität wie… früher. Naja, nicht ganz derselben Intensität. Er wird mich schließlich nie wieder dazu bringen, nicht zu essen und nicht zu schlafen – und das tagelang. Er wird mich nie wieder dazu bringen, mir nichts sehnlicher zu wünschen, als dass dein… vermeintlicher „Mordanschlag" nicht gescheitert wäre…; dass ich es hinter mir hätte und du jetzt diese elenden Qualen hättest – anstatt mir. Nein, das wird nie wieder passieren. Dafür bin ich zu stark. Und mein verfluchtes Leben zu kostbar.

„Der dreizehnte, hm?" Luis streicht sich nachdenklich übers Kinn. „Das ist Dienstag, oder? Lass uns einfach was unternehmen."

Ich lache schnaubend auf und starre ihn mit hochgezogenen Augenbrauen an.

„Ich meins ernst", insistiert er auf meinen unausgesprochenen Einwand, „irgendwas Cooles. Uh, Lasertag! Lass uns zum Lasertag gehen!"

„Lasertag?", wiederhole ich ungläubig.

„Ja." Luis nickt voller Begeisterung, „es ist ganz einfach, Car. Wir gehen einen Zwischenweg. Wenn du deine absoluten Tiefpunkte erreichst, zwinge ich dich, dein Leben zu genießen und wenn es für dich erträglich ist, machst du das hier", er tippt auf mein Tablet, „und lässt es raus. Erwarte nicht gleich, dass deswegen alles weggeht. Gib dir Zeit. Und genieß bis dahin ruhig ein wenig das Leben."

*Denn selbst die Hölle kann Spaß machen,* denke ich verdrossen. Ich muss zugeben: Luis' Worte sind erstaunlich sinnvoll. Vielleicht sollte er noch einmal über einen Fachwechsel nachdenken und Psychologie statt Bildungswissenschaften studieren. „Bin dabei", stimme ich schließlich zu.

## Kapitel 10

Der vergangene Abend war herrlich gewesen. Und die darauffolgende Nacht stand dem in Grausamkeit in nichts nach.

Lasertag mit Luis hatte dieselbe Ablenkungsqualität wie Tischtennis. Ich war frei gewesen. Für einen Abend war es nicht unser Stichtag, sondern nur ein ganz normaler Dienstagabend nach der Uni gewesen... an dem ich mit meinem besten Freund etwas Cooles unternahm. Etwas, was Freunde halt zusammen machten, wenn sie mal wieder etwas Ablenkung vom Alltagstrott brauchten. Etwas, was *wir* noch nie getan hatten. Luis hatte mir auch angeboten, bei ihm zu übernachten, aber ich hatte das nicht mehr gewollt – nicht erneut. Diese Art von Beziehung hatte ich mit Jonas geführt: Ich hatte mir einen Ort geschaffen, an den ich fliehen konnte. Aber ich wollte nicht mehr fliehen... und wahrscheinlich hatte ich mir wieder zu viel zugetraut, wahrscheinlich hatte ich mich erneut überschätzt... ich hatte geglaubt, der Abend wäre schön genug gewesen, doch... als ich gegen 23 Uhr zurück in meine Wohnung gekommen bin, hatte mich dein Geist bereits erwartet. Er hatte auf mich eingeredet, ich hatte protestiert... wir führten unseren Kampf wie immer. Immerhin hatte er es nicht geschafft, mich zu verletzen... das ist, wenn es um mich geht, immerhin schon ein halber

Erfolg. Um drei Uhr hatte endlich meine Müdigkeit die Oberhand gewonnen und mich dahin gerafft... Panikwellen dieser Art sind ungemein anstrengend.

Daher überrascht es mich auch nicht, als mein Handydisplay mir bereits 12 Uhr anzeigt, als ich endlich wieder wach werde. Mittwoch, der 14.12. und ich habe total verschlafen. Auch nicht schlimm, ein verpasstes Seminar tut bei meinem Notenschnitt wirklich nicht weh. Ich rappele mich auf, schütte Müsli und Milch in eine Schale und esse, während ich eine Folge Friends auf dem Fernseher laufen lasse. Dann schaue ich im Online-Portal nach, ob die Präsentation zu der Seminarsitzung um 10 Uhr schon hochgeladen wurde. Nachdem ich die PowerPoint-Präsentation durchgesehen habe, schaue ich weitere zwei Folgen. Dann packe ich mein Tablet und meine Wasserflasche in meinen Rucksack, um mich zum 14 Uhr Seminar auf den Weg zur Uni zu machen. Bei der Haustür angekommen, schaue ich kurz durch den Schlitz meines Briefkastens – das gehört zur Routine und normalerweise kann ich danach gleich weiterlaufen – doch diesmal muss ich tatsächlich stehen bleiben und den Schlüssel rauskramen, um den Briefkasten zu öffnen und einen Brief herauszunehmen. Kurz bin ich verwirrt, bis ich den Absender sehe. Dann reiße ich den Umschlag förmlich auseinander, falte den elendig dicken Zettelstapel auf und lese die erste Seite. Mein Rucksack rutscht mir von der Schulter und Uni ist sofort vergessen.

Ich wühle mein Handy aus der Tasche, öffne Luis' Chat und tippe nur ein Wort: „Bewilligt!"

Am 05.01. wird es losgehen. Ich darf zur Tagesklinik. Bis voraussichtlich 15.02., aber Verlängerungen sind möglich. Ich lasse meinen Kopf gegen die Wand sinken, schließe die Augen und lächle. „Ich werde dich los", murmele ich, „endlich."

Ich bekomme keine Antwort. Dein Geist ist gerade nicht hier. Ich lächle breiter. Gut so. Vielleicht wittert er schon, dass er bei mir bald nichts mehr zu holen haben wird.

Ich darf zur Tagesklinik. In wenigen Wochen geht es los. Jetzt muss ich nur noch die Feiertage überstehen und dann wird alles wieder gut. Ich werde mich eine Zeit lang auf mich selbst konzentrieren und dann werde ich wieder in den Alltag zurückkehren und ein besserer Mensch sein. Ein *gesunder* Mensch. Mit dem Bewilligungsschreiben in der Hand fühlt es sich an, als würde sich der Sturm um mich herum ein wenig lichten. Als hätte ich sein Auge erreicht und würde endlich etwas klarer sehen – endlich die Sonne sehen.

„Ich werde dich los", flüstere ich noch einmal, „endlich."

„Wie machst du das mit der Uni?", fragt Luis und schaut von meinem Bewilligungsschreiben auf. Ich winke ab. „Kein Problem. Ich hab die Studienleistungen dieses Semester früh erledigt und die Prüfungsleistungen schaffe ich auch nebenbei abends oder danach. Wenn es bis zum fünfzehnten geht, habe ich danach immer noch über einen Monat frei."

„Passt also perfekt", bestätigt Luis und strahlt mich an. „Du hast keine Ahnung, wie glücklich ich für dich bin."

„Du hast keine Ahnung wie glücklich *ich* bin", entgegne ich, „ehrlich, ich kann's kaum erwarten, rundsaniert zu werden."

Luis lacht kurz angesichts meiner Wortwahl, dann sieht er mich wieder ernst an: „Dann hoffe ich sehr, dass es dir helfen wird."

Ich ziehe die Augenbrauen hoch. Natürlich wird es mir helfen. Oder nicht? Die Tagesklinik wird deinen Geist aus meinem Leben entfernen, dafür ist sie doch schließlich da. Ich werde kaputt fort gehen und repariert zurückkommen. Wie ein Auto, dass man in eine Werkstatt gibt.

„Das wird es", sage ich überzeugt. Wir – dein Geist und ich – werden in der Klinik ein letztes Mal unseren Kampf ausfechten. Ein endgültiges Mal. Und ich werde gewinnen, weil ich endlich zulassen werde, dass man mir hilft.

Ohne, dass Luis mir widersprochen hätte, nicke ich entschlossen und wiederhole: „Das wird es."


Über die Feiertage fahre ich – wie so viele Studenten – zurück in die Heimat. Obwohl der Begriff bei mir in keiner Weise passend ist. Ich fahre zurück in mein Elternhaus. Bochum ist kein Zuhause für mich. Bochum ist noch nicht mal ein halbwegs sicherer Ort – im Gegenteil. Obwohl ich hier meine Familie und alle Freunde aus Schulzeiten habe, meide ich die gesamte Stadt. Sie ist sozusagen die Verkörperung allen Bösens: Sie gehört dir.

Ich steige beim Hauptbahnhof aus und fange sofort mit dieser anstrengenden Angewohnheit an, die mir Elternbesuche so unerträglich macht: Ich sehe mich in alle Richtungen um. Meine Wachsamkeit steigt in dem Moment, in dem ich den Zug verlasse und damit offiziell Bochum betrete, um 300%. Ich stöpsele die Kopfhörer aus, weil ich es nicht leiden kann, einen Sinn abzuschotten. Ich brauche sowohl meine Augen als auch meine Ohren – und zwar überall. Denn du könntest auch überall sein und wenn du dich mir auch nur auf zwanzig Meter näherst, *darf* ich das ganz einfach nicht verpassen. Ich kann nicht erklären, weshalb. In meinem Kopf gehe ich immer wieder alle Szenarien durch, die unsere Begegnung mit sich bringen könnte. In diesen Situationen zeigt sich immer wieder meine rege Fantasie. Wenn ich in Bochum bin, muss ich im Grunde am laufenden Band den Kopf schütteln, um mich in der Gegenwart zu halten. Ich stelle mir zum Beispiel vor, wie ich mit stampfenden Schritten auf dich zumarschiere, dir eine Ohrfeige verpasse und gleichzeitig leise und drohend frage: „Wie konntest du nur?" Die vermaledeite einzige Frage, die mein Kopf mir immer und immer wieder um die Ohren haut – wie konntest du nur? Oder ich stelle mir eine andere Reaktion meinerseits vor: Dass ich einfach nur auf dich zugehe und dich umarme, wortlos. Dass ich dem kleinen Kind in mir nachgebe, das nichts weiter will als dich. Das alles vergeben und vergessen möchte. Dann stelle ich mir vor, wie du dich entschuldigst und wie ich gleichzeitig beginne zu weinen und zu lachen und sage: „Nein, schon in Ordnung. Jetzt wird ja alles wieder gut."

Ich schüttele den Kopf und unterdrücke den Impuls zu weinen, der gegen meine Schläfen drückt. Aber es wird nicht alles wieder gut, nicht wahr?

Im Eingangsbereich des Hauptbahnhofs bleibt mein immerzu umherschweifender Blick an einem Mann mit dunkelblonden, zurückgekämmten Haaren hängen. Ich brauche nur Sekunden, aber ich mustere alles an ihm – vergleiche jedes Detail mit dir. Er trägt helle Schuhe, wo deine doch immer schwarz waren, dafür hat er genau wie du auch einen dunklen Rucksack auf. Außerdem trägt er eine Jeans... eine Cargo-Hose würde deinen Namen schreien, aber – wie die absolute Mehrheit der Menschen – trägst auch du ab und an Jeans. Das Gesicht des Mannes ist nicht deines und doch brauche ich mehrere Momente, um meinen Blick wieder von ihm zu lösen. *Er ist es nicht,* wiederhole ich immer wieder in meinem Kopf und schaffe es endlich, den Hauptbahnhof zu verlassen.

Ich laufe mit flinken Schritten zur U-Bahn. Nur noch fünf Minuten warten, vier Stationen fahren und ich stehe quasi schon vor der Haustür meines Elternhauses.

Manchmal weiß ich nicht, ob ich dir begegnen möchte oder nicht. Ich weiß nur, dass ich permanent Angst habe, solange ich weiß, dass es jederzeit geschehen *könnte*... und doch nicht geschieht. Vielleicht kann ich dich einfach ignorieren, sollte ich dich plötzlich sehen. Vielleicht kann ich mich einfach umdrehen, meinem Herzen beim Zerspringen zuhören und erst dann weinen, wenn ich wirklich allein bin. Wieder schüttele ich den Kopf. Meine Bahnlinie fährt ein, die Türen öffnen sich mit einem Zischen und ich steige ein. Schaue von links nach rechts, scanne innerhalb von Sekunden die gesamte Situation im Waggon ab. Erst dann setze ich mich. Du bist nicht hier.

Ich fahre mir übers Handgelenk. Unbewusst und doch kontrolliert. Wieso sollte ich dich einfach ignorieren, wenn ich dich doch mal geliebt habe? Eine Station später steigt ein Mann zu, dessen Anblick meinem Herzen einen erneuten kurzen Aussetzer verpasst. Dunkelblondes Haar, dunkle Cargo-Hose, aber ein heller Rucksack. Nicht dein Gesicht. Nicht du.

Ich atme tief ein und führe meinen alten Gedanken weiter: Wieso sollten wir uns nicht einfach „Hallo" sagen können? „Hallo. Wie geht's? Schöne Feiertage wünsche ich dir!" Ich schüttele den Kopf, kneife die Augen fest zusammen und schlucke. Ich flehe mich selbst im Stillen an, damit aufzuhören. Zehn Millionen Bilder springen vor meinem inneren Auge hin und her, reale und fiktive und ich kann nicht mehr auseinanderhalten, welches wozu gehört.

Der Lautsprecher sagt die nächste Haltestelle an – meine. Endlich. Ich atme lange und flach aus, springe auf die Beine, schaue noch einmal den Gang rechts und links hinunter und stelle mich dann vor die Tür. Als sie sich öffnet, bin ich die Erste, die auf die Straße springt. Das hier ist nicht deine Nachbarschaft. Es ist Meine. Die Nachbarschaft meiner Kindheit. Ab hier ist es einfacher, aber ich muss auch nur noch drei Minuten laufen, dann stehe ich schon vor meiner Haustür. Ich bleibe wachsam, aber... so wie es im Grunde schon immer war, bist du nicht da.

„Car!", begrüßt mich meine Mutter freudestrahlend. „Wenigstens an den Feiertagen lässt du dich blicken. Wie geht es dir?"

Ich betrete das Haus, umarme sie kurz und stelle meine Tasche ab. „Alles gut", antworte ich dabei automatisch. Mama schließt die Tür und läuft vor durch den Flur ins Wohnzimmer. „Dann komm rein", sagt sie. „Kekse stehen auf dem Tisch. Kakao, Kaffee oder Tee?"

„Kaffee, danke."

Mein Vater sitzt bereits am Esstisch, als ich zu ihm trete. „Hey, Ricarda", begrüßt er mich. „Na, alles klar?"

Auch ihn umarme ich kurz. „Ja, danke."

Ich lasse mich auf meinen Platz fallen und atme tief durch, während Mama Tassen auf dem Tisch verteilt, in die Küche verschwindet und mit einer Kaffeekanne zurückkommt. „Du siehst gestresst aus, Liebling."

Ich fahre mir durch die Haare. „Wirklich? Muss die Zugfahrt sein."

Seit ich umgezogen bin, bin ich erst zum zweiten Mal zurück in Bochum. Das erste Mal war Ende September zu Papas Geburtstag.

„Wie ist Bielefeld?", fragt er. „Wie steht dir das alleine wohnen?"

„Großartig", lüge ich, wohlwissend, dass ich kaum dazu in der Lage bin, allein zu sein.

„Und was macht die Uni?", will Mama wissen.

„Alles gut so weit", erwidere ich, diesmal ohne zu lügen. „Hab alle Studienleistungen, gute Prüfungsleistungen und bin noch in Regelstudienzeit. Wahrscheinlich sogar etwas besser als das."

Mama schenkt mir ein Lächeln, welches ich erwidere. Ich nehme einen großzügigen Schluck von meinem Kaffee. „Schauen wir heute Abend Aschenbrödel?"

Wieder lächelt Mama. Der Film war Tradition zur Adventszeit, seit ich fünf war. „Sicher", antwortet sie.

Ich nicke, trinke meinen Kaffee aus, stelle die Tasse in die Spülmaschine und verabschiede mich in mein Kinder-zimmer. In das Zimmer, das schon lange vor dir so aussah wie heute. Das Zimmer, das dich überlebte – anders als ich.


Weihnachten war bei uns schon immer ein großes Event. Nur, dass ich es dieses Jahr eher an mir vorbei plätschern lasse. Ich ziehe mich viel in mein altes Zimmer zurück. Versuche, mich hin und wieder zu einem Märchenfilm im Wohnzimmer blicken zu lassen, um „meinen Soll zu erfüllen". Irgendwie strengt es mich dieses Jahr an. Meine Eltern wissen von dir. Wissen, was du getan hast… und doch werden sie nie nachvollziehen können, wie anstrengend es für mich ist, in Bochum zu sein. Wo auch du lebst und atmest... es ist so viel einfacher, wenn du beinahe 200km entfernt bist.

Ich schreibe zwischendurch mit Luis. Manchmal auch ein wenig mit Justin oder mit Finn und Luca vom Tischtennis. Am Nachmittag des zweiten Weihnachtsfeiertags bietet Justin mir die perfekte Ausrede, wieder abzuhauen – zurückzukehren in meinen Atomschutzbunker, zurück nach Bielefeld. „Bist du Silvester verplant oder magst du rumkommen? Versuche grad spontan ne Party aus dem Boden zu stemmen, meine Pläne sind geplatzt." Mit einem heulenden Emoji.

„Ich fahre doch schon zu Silvester zurück nach Bielefeld", erkläre ich meinen Eltern wenig später. „Hat sich doch noch ne Party ergeben."

„Das freut mich für dich", antwortet meine Mutter mit einem zarten Lächeln.

Am nächsten Morgen sitze ich wieder mit gepackten Taschen in der Bahn. Bin wachsam wie ein auf Beute lauernder Falke, beobachte jede Bewegung der anderen Passagiere. Und dann sitze ich im Zug. Atme auf, als er losrollt. Ich verlasse Bochum erneut. Ich fahre nach Bielefeld. Ich werde Silvester feiern gehen. Und bald wird die Tagesklinik anfangen. Ich habe Bochum überlebt. Ich habe *dich* überlebt. Noch ein letzter tiefer Atemzug. Erneut.

## *Kapitel 11*

Ich beginne zu weinen, noch bevor ich wieder in meiner Wohnung angekommen bin. All die angestaute Anspannung löst sich in mir und entfesselt sich gleichzeitig wie ein Lauffeuer. Als ich in Bielefeld aus dem Zug steige und den Weg nach Hause einschlage, weiß mein Körper, dass ich außerhalb der Gefahrenzone bin und dass er jetzt alles loslassen kann, über das er in Bochum so angestrengt die Kontrolle behalten wollte. Ich schüttele mich und beschleunige meinen Schritt. Ich nehme die Kopfhörer raus und versuche mich auf meinen Atem zu konzentrieren. Ich drücke die Tränen zurück, bis ich wirklich in der Wohnung angekommen bin. Dann pfeffere ich meine Tasche in die nächste Ecke, kicke meine Schuhe von den Füßen und hetze hin und her. Mein Schluchzen klingt schaurig.

„Wieder hier." Dein Geist sitzt auf meinem Schreibtischstuhl und schwingt lässig die Beine vor und zurück. „Ich auch."

Schnaubend bleibe ich stehen und sehe ihn verächtlich an. „Du hast nicht hier zu sein!", schnauze ich. „Du bist in Bochum. Und ich bin zurück hier. Sicher."

„Sicher", wiederholt dein Geist. Er klingt wie eine schnurrende Katze. „Aber natürlich bist du sicher bei mir."

Ich ziehe meine Jacke aus und werfe sie ihm ins Gesicht. Sie bleibt quer über der Stuhllehne hängen. Deinen Geist kümmert das natürlich nicht. Er zieht belustigt die Mundwinkel nach oben. „Komm", lädt er mich dann ein, „leg dich erstmal hin. Ruh dich aus. Lass uns eine Serie gucken."

„Lass – mich – in Ruhe", antwortete ich schneidend.

„Ricarda…"

Doch ich höre nicht mehr weiter zu. Ich verdecke meine Ohren mit meinen Händen, kneife die Augen zusammen und beginne hin und her zu rennen… Hauptsache, nicht still stehen. „Du bist in Bochum", sage ich dabei. „Du bist in Bochum. Du bist nicht hier, du bist in Bochum. Du bist nicht hier."

Als ich die Augen wieder öffne, ist mein Schreibtischstuhl leer. Meine Augen scannen die gesamte Wohnung. Meine Ohren fühlen sich wund an, als hätten sich Fingernägel lange in die Außenseiten ihrer Muscheln hineingebohrt. Ich sehe zur Uhr: Eine halbe Stunde ist vergangen, aber ich… bin allein.

Ich schlucke. Fahre mir mit den Händen durch die Haare und versuche, meine Gedanken zu sortieren. Was nicht funktioniert.

An Tagen wie diesen wünsche ich mir den Tod. An Tagen wie diesen, in denen mein ganzer Kampf so leer und sinnlos erscheint. Ich wünsche mir, der Schnitt, den du mir verpasst hast, wäre tiefer gewesen. Denn dann wäre ich sofort friedlich – wenn auch mit einem letzten Schock –

eingeschlafen und du hättest jetzt dieses Leid, nicht ich. *Du* würdest dich damit auseinandersetzen müssen, nicht ich. Du hättest mein Blut an deinen Händen. Und nicht ich. Ich höre mich selbst rasselnd einatmen und fühle mich in die Realität – in die gottverdammte Gegenwart – zurückgeschleudert. Ich spüre meine zu Fäusten geballten Hände und lasse vorsichtig locker. Dort, wo meine Fingernägel auf den Handballen getroffen sind, haben sich Druckstellen gebildet.

Ich habe diesen Gedanken schon oft gehabt. In ihm zeigt sich ein Teil meiner Wut, weil du dem Ganzen einfach nur aus dem Weg gehst. Du hast mir das angetan und lässt mich eiskalt damit allein! Jeden einzelnen Tag! Ich schlucke und versuche, meinen Atem ruhig zu halten. Ich sage mir immer wieder, dass ich nicht weiß, was in dir vorgeht. Dass es sein kann, dass auch du leidest. Dass du unglaublich überfordert sein musst, weil du mir das sonst niemals antun könntest! „Das *könntest* du nicht“, wimmere ich. Ich lasse mich auf die Knie sinken und starre in den Spiegel. Die Augen rot, die Haare zerzaust – alles wie immer. „Oder?“

Meine Frage bleibt unbeantwortet und hinterlässt eine Leere, die mir endgültig den Rest gibt. Ich kauere mich auf dem Boden zusammen und beginne zu weinen wie ein Kind, das seine Mutter nicht finden kann. „Komm zurück“, schluchze ich. „Komm zurück!“

Aber du wirst nicht zurückkommen, nicht wahr? Und ich habe das noch immer nicht eingesehen. Du lebst schon längst dein Leben weiter und hast vergessen, dass es mich jemals gegeben hat. Dass du jemals meine Hand gehalten, meine Haare gestreichelt und mich in deine Arme gezogen hast.

„Dein Anker ist nicht weg", versprachst du mir nach deinem Auszug aus unserer WG. Du packtest mich am Arm und zwangst mich, dich anzusehen. „Hörst du mir zu? Ich gehe nicht weg." Jedes deiner Worte sagtest du mit Nachdruck. „Du sollst mich anrufen, wenn was ist, kapiert? Und wenn es drei Uhr nachts ist."

Es ist 13:53 Uhr am Nachmittag, Benno. Wen soll ich jetzt anrufen?!

Ich habe deinen Geist fortgejagt und jetzt bin ich allein. Ganz allein. Weil ich wie ihn auch dich vergrault habe... womit auch immer. *Ich* habe *dich* vergrault. *Ich* bin allein. Allein und unerbittlich am Weinen, weil ich deinen Geist nicht brauche, um in mir selbst zu ertrinken.

Ich ertrinke! Ich ertrinke, verstehst du?!

Und das ist deine Schuld. Es ist *deine* Schuld, es ist...

Ich richte mich auf. Plötzlich und schwungvoll, als wäre ich gerade aus einem schlechten Traum erwacht. Das Blut strömt so schnell aus meinem Kopf, dass es einen Moment darin dröhnt. „Nein!", brülle ich und das... hilft. Ich starre mich im Spiegel an – wütend. „Hör auf zu flennen, Mädchen", schnaufe ich. „Steh gefälligst auf und geh aus. Er beherrscht dich nicht, hörst du? Du bist viel zu gut dafür."

Ich schwinge mich auf die Beine. Sie fühlen sich schwach an, als würden sie sofort wieder einknicken, aber ich ignoriere das taube Gefühl. Ich schlüpfe zurück in meine Schuhe und verlasse meine Wohnung. Ich kümmere mich nicht darum, wie meine Haare und mein Gesicht aussehen. Ich treibe mich selbst an wie ein unbarmherziger Personal Trainer. Jetzt wird gejoggt, bis ich keine Luft mehr bekomme, der Rest ist mir vollkommen egal.

*Das ist gesund,* höre ich eine kleine Stimme in mir flüstern, während ich meine Beine dazu animiere, immer schnellere Schritte zu machen. *Keine Selbstverletzung, sondern Sport. Panikattacke bekämpfen durch Bewegung.* In der Stimme schwingt Bewunderung mit und ich spüre, wie sich nach dem ersten Kilometer ein kleines Lächeln über mein Gesicht zieht. Wirklich klein. Aber doch da. Möglicherweise verschwinden die Probleme nicht... aber der Umgang mit ihnen wird gesünder. Kleine Schritte. Aber Fortschritt. „Du kannst mich mal", flüstere ich, grinse und lege noch einen Zahn zu.


Als ich wieder in meiner Wohnung bin, bin ich ruhiger. Ich bin kurzatmig, aber ich fühle mich ausgepowert auf diese verdammt gute Art, die nur Sportler kennen. Ich schäle mich aus meinen verschwitzten Klamotten und springe unter die Dusche. Das Prasseln des Wassers tut gut. Es verhindert, dass die Stille die Überhand gewinnt und ich mich vollkommen allein auf der Welt fühle.

Als ich mit um die Haare gewickeltem Handtuch aus dem Bad trete, ist die erst Nachricht, die ich auf meinem Handy sehe, eine von Luis: „Hab gehört, wir sehen dich Silvester?"

Ich schicke eine erstaunt aussehende Emoji zurück.

„Dachte, du wärest gar nicht in der Stadt!"

„War auch eigentlich nicht der Plan", erwidert Luis. „Aber ich werd mir doch keine Party in meiner eigenen WG entgehen lassen" – Zwinker-Emoji.

Ich erwische mich dabei, wie ich mein Handy angrinse.

„Dann hast du recht – wir sehen uns dort", antworte ich.

Ich lasse den Blick durch meine Wohnung schweifen und gähne. Meine Panikwelle hat mich genug Kraft gekostet, dass ich auf der Stelle einschlafen könnte. Gleichzeitig ist die Leere um mich herum noch immer beängstigend. Dein Geist ist gerade nicht hier, aber meine Angst, er könne jeden Augenblick wieder auftauchen, bleibt. Sie ist lähmend. Und gleichzeitig bin ich stolz, dass ich mich heute nicht von ihr habe beherrschen lassen. Ein komisches Gefühl. Ist das wohl die größte Erfüllung, die Traumatisierte bekommen können? Ich schüttele vehement den Kopf. Ich bin weit gekommen, aber das kann noch nicht alles sein. Ich darf ruhig schon einmal stolz auf meine ersten Schritte sein, aber das heißt nicht, dass ich schon gelernt habe, wie man tanzt.

„Pause", murmele ich, lungere mich auf mein Sofa und schalte den Fernseher ein.

Ich schaue mehrere Folgen. Zwischendurch fallen meine Augen zu. Aber dein Geist bleibt mir fern.

Ich hebe den kleinen Plastikbecher an meine Lippen und stürze den Inhalt herunter, dann stelle ich den Becher an die Tischkante und schnipse gegen die Unterseite. Er landet auf der Seite und neben mir wird gegrölt. „Nochmal, Car!", höre ich Kathi raus. „Du schaffst das!" Ich stelle den Becher zurück an die Tischkante, schnipse dagegen und sehe zu, wie er kopfüber wieder landet und stehen bleibt. Kathi stößt einen kurzen Jubelschrei aus, dann trinkt sie ihren eigenen Becher aus und wiederholt das Spiel.

Wir spielen in Reihen. Wenn Kathi und ihre Freundin Mia jetzt vor den Jungs auf der anderen Seite ihre Becher auf die Oberseite gedreht bekommen, haben wir gewonnen und die Jungs schulden uns eine weitere Runde Shots unserer Wahl.

Auf der anderen Tischseite hängt es an Luis. Er hat seinen Becher jetzt bestimmt schon zehnmal auf die Seite befördert und wir kreischen vor Vergnügen.

Kathis Becher landet beim vierten Versuch und sie stößt Mia an, die das Getränk hinunterstürzt, den Becher an die Kante stellt und mit einem Schnipser perfekt umdreht. Wir fangen an zu springen, grölen und fallen uns in die Arme. Luis gibt seine kläglichen Versuche auf und seine Teamkameraden sehen ihn vorwurfsvoll an.

Lachend stellen wir die größeren der Shotgläser in die Mitte des Tisches und füllen mit Vodka auf. Kathi schnappt sich die Packung mit den Ahoi-Brause-Päckchen und schüttelt sie demonstrativ in ihrer Hand. „Oh, nicht so traurig gucken", lacht sie und streckt den Jungs die Brause entgegen. „Hier, damit wird das doch gleich verträglicher."

Die Jungen schauen zwar immer noch miesgelaunt aus, nehmen aber je eine offene Packung Brause in die eine und einen Vodka-Shot in die andere Hand. Dann fangen wir an zu rufen: „Trinkt, trinkt, trinkt!" Wir sehen zu, wie sie erst die Brause, dann den Vodka in ihren Mund kippen, jubeln und klatschen. Ehrlicherweise habe ich nur Augen für Luis und muss von ganzem Herzen lachen, als er kurz das Gesicht verzieht, mich dann anblinzelt und beginnt zu lächeln. „Revanche", fordert er.

„Nicht, wenn du in meinem Team bist!", entgegnet Justin sofort und legt Luis brüderlich eine Hand auf die Schulter. „Sorry, Kumpel."

„Ich bin auch raus", verkündet Mia und wendet sich an uns. „Pizza-Pause?"

Ich grinse und nicke. „Pizza klingt perfekt."

Wir laufen vom Hausflur, wo der Tisch für die Party hingerückt wurde, zurück in die Küche, in der drei Familienpizzen ausgebreitet liegen und schnappen uns jeder ein Stück.

„23:52 Uhr."

Ich gucke über meine rechte Schulter und sehe, dass sich Luis neben mich gestellt hat, ebenfalls mit einem Pizzastück in der Hand. „Acht Minuten!", ruft er laut, dann leise zu mir. „Hey, kommst du kurz mit?"

Ich nicke, lasse ihn meine freie Hand ergreifen und hinter sich her in sein Zimmer ziehen, wo er die Tür schließt.

„Alles okay?", frage ich, den Mund noch halb voll. Luis grinst. „Klar." Doch sein Grinsen verschwindet wieder. Er blickt auf die Pizza in seiner Hand, legt sie schließlich auf seinem Schreibtisch ab und seufzt. „Ich wollte dich nur gerne noch einmal allein erwischen, bevor... du weißt schon."

„Bevor Neujahr?", frage ich verdutzt. „Du weißt, dass das eigentlich nur ein neuer Tag ist, oder?"

Er lacht kurz auf, fährt sich dann mit einer Hand durch die Haare. „Ja, ich weiß. Ich dachte nur, ich... okay." Wieder ein nervöses Lachen. Ich lasse mich auf sein Bett sinken und fordere ihn mit einem Klopfen auf die Matratze dazu auf, sich neben mich zu setzen. „Sag schon."

Er kommt meiner Aufforderung nach, betrachtet noch einen Augenblick seine Hände, bevor er schließlich aufsieht und sagt: „Du weißt, dass ich dich mag, oder?"

Einen Moment bleibt mein Herz stehen und der vollkommen deplatzierte Gedanke rast durch meinen Kopf, dass wir für so ein Gespräch schon viel zu viel getrunken haben. „Ähm..." Der Ton kommt unbedacht aus mir heraus. Wenn ich meine Lippen nicht kurz vibrieren spüren würde, wüsste ich nicht, ob er wirklich von mir stammt. Gleich darauf wünsche ich, ihn zurücknehmen zu können, aber Alkohol pumpt durch meine Adern und lässt mich meine Gedanken nicht schnell genug sortieren.

„T-tut mir leid", sagt Luis, seufzt erneut und verfestigt seinen Blick. „Es ist so", fährt er dann mit gekräftigter Stimme fort. „Du fängst bald deine Therapie an und das ist großartig. Und das ist genau, was du brauchst. Du brauchst keinen Mann, nicht jetzt. Nur... ich wollte nur, dass du weißt..., wenn du aus der Klinik zurückkommst, bin ich immer noch da." Ich reagiere immer noch nicht, also legt er schließlich seine Hand auf meine, die noch immer auf der Matratze liegt und hängt an: „Du bist es wert, Car."

In diesem Moment will ich nichts lieber, als mich auf ihn zu stürzen und ihn zu küssen. Vielleicht ist es der Alkohol, aber... aber es kommt mir vor, als hätte ich, seit wir uns näher kennen, nie etwas anderes gewollt. Ich will ihn auf mich ziehen, ihn spüren, ihn nie wieder loslassen. Und doch tue ich es nicht. Weil du noch immer da bist. Luis ist nicht Jonas. Luis verdient so viel mehr als das.

Endlich erwidere ich den Druck auf Luis' Hand. „Ich mag dich auch", höre ich mich flüstern. „So sehr."

Ich kann Luis schlucken sehen. „23:59 Uhr", murmelt er dann, sein Gesicht kommt meinem näher. Ich schließe die Augen und wenige Augenblicke später spüre ich den Kuss. Sanft wie eine Feder und doch so intensiv, dass sich auf meinem ganzen Körper eine Gänsehaut ausbreitet.

Dieses Silvester brauche ich kein Feuerwerk. Die Lichter vor meinen Augen tanzen sowieso.

## Kapitel 12

Kurz entflieht mir ein Geräusch. Ein kurzes Luftausstoßen, ein gehauchtes Lachen... und der warme Luftzug an meinem Kinn verrät mir, dass auch Luis lächeln muss. Kurz bleiben unsere Augen noch geschlossen. Unsere Münder immer noch nur wenige Zentimeter voneinander entfernt. Unsere Finger auf der Matratze ineinander verkeilt.

„Tut mir leid", flüstert Luis dann. Ich schüttele sofort den Kopf. Drücke seine Hand fester. „Nein", lache ich leise, „tut es dir nicht."

Ohne es zu sehen, weiß ich, dass Luis' Mund sich zu einem breiten Grinsen verzieht. Dann spüre ich, dass er seinen Körper langsam wieder zurück neigt, ohne meine Hand loszulassen, und öffne vorsichtig die Augen.

Ich versuche, den Moment festzuhalten. Ich wünschte, sein Mund würde meinem wieder näherkommen. Ich behalte seine Finger zwischen meinen wie ein Rettungsboot. Mein Kopf ist ein Ozean und ich gehe in ihm unter. Die Tränen in meinen Augen spüre ich erst, als sie schon über meine Wangen fließen.

Luis hebt langsam seine freie Hand und fängt eine Träne mit dem Daumen auf. Ich drücke meine Wange in seine Handfläche und kneife sofort die Augen wieder zu. „Hey", sagt Luis leise und zwingt mich, die Augen wieder zu öffnen und ihn anzusehen. Er nickt leicht... ermutigend. „Ist okay."

Ich schüttele den Kopf. „Ich will ja…", protestiere ich leise, „ich will ja, verstehst du? Aber ich… ich liebe…"

„Benno", beendet Luis meinen Satz. Ruhig und sachlich. Obwohl ich am liebsten schreien würde vor Wut. „Ist okay, ich versteh das."

Ich starre ihn an und schluchze. Ich weiß, dass wir uns früher oder später würden loslassen müssen. Dass ich in meine Therapie starten muss, um dich aus meinem Kopf zu verbannen. *Du.* Wieso bist *du* überhaupt noch immer darin? Das ist alles so unfair, dass ich am liebsten aufs Klo rennen und kotzen würde.

Luis verfestigt ein letztes Mal den Druck auf meine Hand, dann befreit er seine Finger aus meinen. „Da draußen ist eine Party", flüstert er, steht auf, packt meine Handgelenke und zieht mich auf die Beine. Er streicht eine Haarsträhne hinter mein Ohr und lächelt mich an, bis ich es endlich – wenn auch schwach – erwidere. Dann öffnet er seine Zimmertür wieder und bringt uns zurück in die laute Küche, in der eine Party mit unglaublich guter Stimmung tobt, die ich beinahe schon wieder vergessen hatte, weil mein Ozean nur noch von dir gesprochen hat. Davon, dass ich mir geschworen hatte, niemals jemand anderen zu lieben, denn lieben wollte ich ja immer nur… dich.

„Guten Morgen."

Ich starre deinen Geist mürrisch an, ziehe mir dann die Bettdecke wieder über den Kopf.

Dein Geist lacht.

„Geh weg", murre ich. „Wie spät ist es?"

„Kann ich dir nicht sagen."

Ich schlage die Decke wieder zur Seite, werfe ihm einen verärgerten und vorwurfsvollen Blick zu und sehe auf mein Handy. 12:02 Uhr an Neujahr und dein beschissener Geist meint, mich direkt nach dem Aufwachen beehren zu dürfen.

Ich schwinge, noch immer miesgelaunt, die Beine aus dem Bett, laufe zur Küchenzeile und stelle eine Müslischale bereit.

Dein Geist trottet hinter mir her wie ein Hund. Ich versuche, ihn zu ignorieren, schnappe mir die Müslipackung und schütte Cornflakes in die Schale. Er schaut mir über die Schulter, als hätte er noch nie jemandem dabei zugesehen, wie er sich Müsli macht.

Schließlich stoße ich verärgert die Luft aus und drehe mich zu ihm um. „Was willst du?"

Er lacht kurz. „Was ich will? Die Frage ist doch eher, was… willst du?"

„Dass du verschwindest."

„Das glaube ich dir aber nicht."

Ich laufe stur mitten durch ihn hindurch, um den Kühlschrank aufzureißen und die Milchtüte herauszunehmen. Dann – wieder quer durch ihn durch – zurück zur Anrichte mit der Schale.

„Zuerst die Flakes, hm?"

Ich drehe mich wütend um. „Ernsthaft jetzt? Darum geht es doch überhaupt nicht!"

„Hast recht." Dein Geist nickt wissend. „Es geht darum, dass du mich willst."

„Ich…" Ich drücke so fest gegen die noch geschlossene Milchtüte, dass der Deckel abspringt und weiße Spritzer auf der Anrichte und dem Boden hinterlässt. „Das ist doch total unfair!", fluche ich. „Was machst du überhaupt noch hier?! Wieso habe *ich* ein schlechtes Gewissen, wenn offensichtlich *du* der Gestörte von uns beiden bist?"

Dein Geist legt den Kopf schief. „Aber bin ich das?"

Ich fange an zu lachen. Irre und disharmonisch. „Ja! Ja, verdammt! Du hast…", ich ziehe meinen Ärmel hoch und deute auf die Narbe, „du hast das hier getan. Und *du* bist abgehauen! *Du* bist zu feige für eine Aussprache!" Ich halte kurz inne, spüre erneut eine Träne auf meiner Wange. „Du bist das Problem", schließe ich dann leiser. „Nicht ich."

Dein Geist sieht mich einen Augenblick lang verdrossen an. „Aber *du*…", sagt er dann, „du bist diejenige, die mit mir redet, als wäre ich wirklich hier."

Das bringt das Fass zum Überlaufen. Ich starre ihn nur noch wortlos an. Und er, dieser verdammte Teufel, zuckt bloß gleichgültig mit den Schultern und sieht an mir vorbei in die Schale: „Du hast die Milch vergessen."

Ich schnaube, schüttele den Kopf und gieße Milch in meine Schale, bevor ich den Deckel aufhebe und mit Küchenpapier die Spuren seines kleinen Ausflugs entferne. Ich habe einen besten Freund. Ich kann nicht einen einzigen Makel an ihm nennen und weiß genau, dass er

Gefühle für mich hat. Und doch bin ich noch immer bei dir.

„Verdammt, Benno", murmele ich. „Du beschissener, verlogener Feigling. Ich liebe dich, kapierst du das nicht?"

Dein Geist antwortet mir nicht und das ist mir nur recht – ich habe nicht mit ihm gesprochen. Ich nehme meine Schale mit zur Couch und schalte den Fernseher ein. Es ist mal wieder Zeit, mich in Serien zu versenken, als könnten die meine Probleme lösen.

Ich hocke auf Luis' Bett und schiele zu ihm herüber. Er sitzt am Schreibtisch und ist vollkommen ins Zeichnen vertieft. Ich bin unangemeldet vorbeigekommen. Weil wir die letzten Tage nur noch geschrieben haben und meine eigene Bude immer mehr zum Gefängnis wurde. Und dein Geist zum Wärter. Selbst jetzt hockt er neben mir. Immerhin redet er nicht.

04.01. Morgen ist die Aufnahme in der Klinik. Ich habe die letzte Nacht kein Auge zugetan.

Luis schwingt den Bleistift in seiner Hand hin und her, lässt sich gegen die Lehne seines Drehstuhls zurückfallen und dreht sich zu mir um. „Wieso guckst du so?", fragt er.

„Wie gucke ich denn?"

„Hmmm... mürrisch. Traurig... ängstlich?"

Ich lasse mit einem dumpfen Knall meinen Kopf gegen die Wand fallen. „Was, wenn die Tagesklinik keine Wunderheilung bedeutet?", frage ich. „Was, wenn ich danach immer noch kaputt bin?"

Luis legt den Kopf schief. „Du warst doch so fest davon überzeugt und hast dich richtig gefreut."

Ich ziehe leicht die Schultern nach oben und lasse sie dann wieder fallen. „Je näher sie rückt…", flüstere ich, „desto größer die Zweifel." Ich schüttele leicht den Kopf. „Ich bin kaputt, Luis", hänge ich dann an. „Was, wenn das nur ein neuer Versuch wird, etwas zu ändern? Und es doch nicht klappt."

Jetzt rückt Luis mit seinem Stuhl näher zu mir. „Hey", sagt er. „Die Klinik wird dich nicht heilen."

Ich stoße schnaubend die Luft aus und drehe ihm mein Gesicht entgegen. „Ermutigend. Danke."

Er zuckt mit den Schultern. „Du wirst nicht von jetzt auf gleich die alles ändernde Heilung erleben. Und trotzdem kann dir die Klinik ganz bestimmt helfen. Wenn du dich nur darauf einlässt. Du brauchst keine Angst zu haben, okay? Es kann nicht schlimmer werden."

„Ach ja?", schnaube ich. „Was, wenn nur alles wieder aufgewühlt wird? Ich…" Eine Träne quält sich aus meinem Auge und meine Nase beginnt zu laufen. Ich ziehe sie hoch. „Kann nicht einfach alles bleiben, wie es ist?", frage ich trotzig. „Es mag ja scheiße sein, aber es ist *stabil*. Ich… ich will keine Veränderung."

Luis lächelt verständnisvoll. „Weil du Angst hast. Und das ist okay. Du darfst dich nur trotzdem nicht davon aufhalten lassen."

Dein Geist blinzelt mich von der anderen Seite her an.

Mein Kopf sinkt wieder gegen die Wand. „Es war schon besser", flüstere ich. „Weshalb ist es wieder schlimmer geworden?" Ich sehe Luis verzweifelt an, als hinge mein Leben davon ab, dass er mir eine Antwort geben kann.

Doch er schüttelt bloß den Kopf, greift nach meiner Hand und drückt sie. „Du weißt, dass du das schaffen kannst, Car, oder?", fragt er und sieht mich so intensiv an, als würde er die Antwort in meinen Augen suchen. Sofort ist der Gedanke an deine Nachricht wieder da: *Nichts ist so schlimm, dass du das nicht bewältigen könntest.*

Ich schüttele den Kopf, bin mir sicher, dass mein Gesicht mal wieder nichts weiter ist als eine verheulte Fratze. „Es ist so unfair", hauche ich, wie ich es in den letzten Tagen schon so häufig dachte.

Luis senkt den Blick, drückt meine Hand noch einmal fester, bevor er loslässt. „Ja", sagt er. „Das ist es vermutlich wirklich."

Ich ziehe noch einmal die Nase hoch und sehe wieder geradeaus. Ich wische mir über die Augen, sehe nicht ein, dass ich weinen muss. „Ich sollte wieder gehen", meine ich.

„Car…"

Ich stehe auf. „Morgen ist Aufnahme", erkläre ich mit leiser Stimme, während ich die Beine vom Bett schwinge. „Ich sollte versuchen, zu schlafen."

Luis legt den Kopf schief, dann greift er nach einer Taschentuchpackung auf seinem Nachttisch und streckt sie mir entgegen. Ich seufze, nehme eins heraus und putze mir die Nase. „Sehen wir uns am Wochenende?", fragt er.

Wochenende. In meiner ersten Klinikwoche habe ich nur den Donnerstag und Freitag, ich nehme an, die Aufnahmetage werden extra auf den Donnerstag gelegt, um einen leichten Einstieg zu ermöglichen. Trotzdem fühlt sich die Vorstellung auf das nächste Wochenende an, als würde es in einer anderen zeitlichen Dimension liegen… genau so habe ich mich auch vor dem Umzug gefühlt. Ich habe damals das letzte, was du mir hinterlassen hast, aufgegeben: Unsere Wohnung. Am Tag davor hatte ich das Gefühl, die Welt geht unter und drückt mich unter sich platt. *Ich bin dramatisch,* versuche ich, mich in Gedanken von diesem niederwälzenden Gefühl abzulenken. *Vollkommen überdramatisch.* Schließlich nicke ich vorsichtig. „Ja", antworte ich. „Ja, klingt gut."

Luis zieht mich noch einmal in seine Arme, bevor er mich zur Tür gehen lässt. Ich lasse es zu, fühle mich taub… Eine Nacht noch und dann… vollkommen unbekannte Gewässer.

## Kapitel 13

Um sechs klingelt der Wecker. Ich fahre kurz zusammen, schalte ihn dann aus und schwinge murrend die Beine aus dem Bett. Es ist viel zu früh und geschlafen habe ich eigentlich auch nicht. Vielleicht drei Stunden... mit jeder Menge Unterbrechungen.

Ich breche ohne Frühstück auf. In meinem Informations-schreiben stand, dass ich am ersten Tag mit nüchternem Magen erscheinen sollte, da erstmal körperliche Unter-suchungen anstanden. Das stört mich kaum, um die Uhrzeit hätte ich ohnehin nichts runterbekommen.

In der Bahn rattert mein Herz wie verrückt. Die Nervosität ist kaum auszuhalten und dabei ist sie so... lächerlich. Mir kann schließlich überhaupt nichts Schlimmes passieren. Ich verlasse nicht mal Bielefeld, sondern fahre nur eine halbe Stunde mit zwei Bahnlinien. Heute Nachmittag würde ich schon wieder in meiner Wohnung sein. So versuche ich, mich in Gedanken zu beruhigen. Relativ erfolglos.

Als ich aussteige und die Klinik von außen sehe, schnellt mein Puls erneut in die Höhe. Erst als die Anmeldung frei wird und ich hereingebeten und mit einem Blick in die Unterlagen und der darauffolgenden Frage: „Sie sind Frau... Heil, nehme ich an?" begrüßt werde, wird mein Herz endlich etwas ruhiger. Die Frau lächelt mich freundlich an und ich nicke. „Setzen Sie sich", sagt sie und deutet auf den Stuhl vor ihrem Schreibtisch.

Sie geht meine Unterlagen durch und jetzt, wo eine Beschäftigung vorliegt und meine Gedanken nicht mehr den Freiraum zum Hin- und Hergerattere haben, fühle ich mich gelassener. Die Frau stellt sich als Frau Kietz vor und erklärt mir, dass die Rezeption immer unser Anlaufpunkt ist, wenn wir irgendetwas brauchen. Wenn wir zum Beispiel den Internetzugang für die Woche wünschen, am Anfang jeder Woche unseren Therapieplan abholen oder nicht wissen, wo wir einen Raum finden. „Aber an sich ist das System narrensicher", schließt sie, schiebt mir meinen Wochenplan hin und zeigt auf den ersten Termin am heutigen Tag. „Hier ist Ihr Termin zur Blutabnahme zum Beispiel. Der Raum ist W-1-23. W steht für Westflügel, also hier raus und links abbiegen. O steht für Ostflügel. Eins ist das Stockwerk und dreiundzwanzig die Raum-nummer." Sie lächelt mich erneut freundlich an. „Alles klar oder haben Sie sonst noch Fragen?"

Ich schüttele den Kopf. „Klingt alles klar so weit."

„Okay. Ansonsten wissen Sie ja, wo Sie mich finden. Dann hätten wir hier alles geklärt und Sie können zur Blutabnahme. Der Termin ist ja auch schon in zehn Minuten. Ach und hier", sie schiebt mir einen Becher für eine Urinprobe entgegen. „Bitte vorher bis zur Linie füllen und zum Termin mitnehmen. Setzen Sie sich vor dem Raum einfach auf den Flur, Sie werden dort aufgerufen."

Ich nicke erneut, nehme meinen Wochenplan und den Becher mit und verlasse das Rezeptionszimmer.

Der Raum zur Blutabnahme ist tatsächlich leicht zu finden und eine Toilette ist gleich nebenan.

Während ich warte, studiere ich meinen heutigen Tagesplan. Nach der Blutabnahme habe ich noch etwas Zeit und soll um 7:50 Uhr in Raum W-0-2 „Gemeinschaftsraum" zur Führung. Um 8:30 Uhr steht W-0-1 „Speisesaal" auf dem Plan zum Frühstück. Um 10:00 Uhr O-2-12 körperliche Untersuchung und um 11:30 Uhr O-4-15 Einzel-Therapie. Um 13:00 Uhr nochmal W-0-1 zum Mittagessen und danach steht bereits nichts mehr auf dem Plan. Ich runzele erstaunt die Stirn. Scheint, als wäre der Einstiegstag alles andere als lang.

Die Tür zum Raum der Blutuntersuchung schwingt auf und eine kleine, gedrungene Frau im Arztkittel fragt: „Frau Heil?" Ich nicke, packe den Plan in meine Tasche und folge ihr ins Zimmer.

Die Frau nimmt mir die Urinprobe ab und deutet auf einen Stuhl mit steilen Armlehnen, auf den ich mich setze. „Rechter oder linker Arm?", fragt die Ärztin. „Rechts bitte", erwidere ich und platziere bereits den Arm auf der Lehne. Die Ärztin rollt auf ihrem Hocker neben mich und bindet meinen Arm ab. „Sind Sie gut angekommen?", plaudert sie währenddessen. „Ach ja, klar", antworte ich gelassen. „Ich bin ja aus der Stadt, also war das kein Problem." Die Ärztin nickt mit einem halbherzig freundlichen Lächeln. Sie hat inzwischen die Nadel in meinem

Arm angebracht und lässt ein Proberöhrchen nach dem anderen volllaufen. Dann lockert sie den Druck der Binde um meinen Oberarm und befestigt mit Klebestreifen eine dicke Wundauflage auf dem Einstichloch. „Das war's schon", meint sie. „Dann wünsche ich Ihnen noch einen guten ersten Tag!"

Ich bedanke mich und verlasse das Zimmer wieder. Ich habe noch eine halbe Stunde bis zum nächsten Termin und entscheide, bereits den Gemeinschaftsraum aufzusuchen. *Kann ja nicht falsch sein,* denke ich mir. Als ich den Raum betrete, sitzen bereits zwei ältere Damen zusammen und sind ins Gespräch vertieft. Weil ich mich nicht einfach dazwischen drängen will, suche ich mir einen Platz auf einem Sofa etwas von ihnen entfernt und sehe mich erstmal gründlich um. Der Gemeinschaftsraum ist großzügig und gemütlich eingerichtet. Überall sind Sofas verteilt sowie Tische mit Stühlen. Es gibt eine Dartscheibe und einen Fußballtisch. In Regalen an einer Wand stapeln sich Gesellschaftsspiele und eine andere Wand besteht quasi nur aus Fenstern. Der Ausblick könnte berauschender sein, aber immerhin gibt es Tageslicht – das ist schon ein riesiger Fortschritt im Vergleich zu den Vorlesungssälen der Uni.

Es dauert vielleicht eine Viertelstunde, bis ein Mädchen den Gemeinschaftsraum betritt, das sich kurz umsieht und dann kurzerhand auf mich zugeht. „Auch erster Tag?", fragt sie leise. Ich nicke, woraufhin sie sich neben mich sinken lässt. „Ich bin Malin", sagt sie und streckt mir die

Hand entgegen. Malin ist ungefähr so groß wie ich, etwas runder und hat braune Haare, die ihr lang über die Schultern fallen. „Car", stelle ich mich vor und schüttele kurz ihre Hand.

„Klingt schön", meint Malin. „Ist kurz für? Carolina?"

Ich schüttele den Kopf. „Ricarda."

„Aah."

Während unseres kurzen Gesprächs füllt sich der Raum nach und nach mit mehr Menschen. Zu den älteren Damen hat sich ein Herr gesellt und es sind noch zwei weitere Männer und eine Frau hereingekommen, alle eher mittleren Alters.

„Wir sind die Jünglinge", hauche ich Malin zu und stelle erfreut fest, dass sie ein wenig lächelt. „Wie alt bist du?"

„Achtzehn", antwortet sie. „Du?"

„Einundzwanzig."

„Hätte dich sogar noch jünger geschätzt."

Ich lächele kurz. „Höre ich oft."

Die Tür schwingt erneut auf und noch ein junger Mann, der eher in unserer Altersklasse liegen könnte, betritt den Raum. Er ist ziemlich groß und schlank, hat blondes Haar und die Finger seiner rechten Hand spielen mit einem Band, welches er ums linke Handgelenk trägt. Er sieht etwas verloren aus und ich bin kurz davor, ihn zu uns zu winken, als die Tür sich erneut öffnet und ein Mann den Raum betritt, bei dem aus irgendeinem Grund sofort klar ist, dass er hier kein Patient, sondern Angestellter ist. Malin und ich stehen unabgesprochen auf und kommen näher. Ich bemerke, dass alle Anwesenden automatisch einen Kreis bilden, woraufhin der Mann auch sofort mit fester Stimme zu reden beginnt. Er begrüßt uns als die Neupatienten der Woche, stellt sich als Leiter der psychologischen Abteilung vor und erklärt uns den üblichen Ablauf in der Klinik: Dass es immer ein gemeinsames Mittagessen gibt, gemeinsames Frühstück nicht verpflichtend, aber gerne gesehen ist, dass wir einmal die Woche Gruppentherapie, einmal Einzeltherapie und daneben noch andere Anwendungen haben, die wir in unserer ersten Einzeltherapiesitzung mit unseren Therapeuten durchgehen und einplanen können. Anschließend bittet er uns, ihm zu folgen und zeigt uns wesentliche Orte der Klinik: Also nochmal zum Rezeptionszimmer, zum Zimmer der Pfleger und zuletzt zum Speisesaal, der direkt neben dem Gemeinschaftsraum liegt. „Dann können Sie sich hier am Frühstücksbüffet bedienen", verabschiedet er sich von uns. „Ich wünsche guten Appetit!"

Ich stupse Malin leicht an und deute mit einem Kopfnicken auf den Jungen in unserem Alter. „Komm mit", meine ich und laufe auf ihn zu. „Hey", spreche ich dann ihn an, „willst du dich vielleicht zu uns setzen?"

Sofort breitet sich ein erleichtertes Lächeln auf seinem Gesicht aus und er nickt. Er stellt sich als Mark vor und wir gehen zu dritt das Büffet entlang, bevor wir uns einen Tisch am Fenster suchen. Neben uns Neupatienten sind auch ein paar andere Leute im Speisesaal, die wir neugierig mustern. „Die beiden sind auch jung", meint

Malin und deutet auf ein Mädchen und einen Jungen, die an einem Tisch mittig im Speisesaal sitzen und ins Gespräch vertieft sind.

„Wie alt seid ihr eigentlich genau?", will Mark wissen, weshalb wir unsere Antworten wiederholen. „Ich bin auch einundzwanzig", meint er. „Und wo kommt ihr her?"

„Direkt von hier", antworte ich, „ich wohne quasi direkt in der Innenstadt."

„Dann hast du's gut", meint Malin. „Ich muss jetzt immer aus Hiddenhausen herfahren. Ich bin froh, dass ich Mamas Auto nehmen kann, dann ist es immerhin nur ne halbe Stunde und nicht eineinhalb in den blöden Öffis."

„Ich wohne in Sennestadt", hängt Mark an, „das ist mit den Öffis zum Glück echt kein Problem. Wenn ich zur Uni gehe, muss ich ja auch hierhin pendeln."

„Wohnst du noch bei deinen Eltern?", hake ich nach.

Mark nickt.

„Ah, ja gut", meine ich. „Ich komme ursprünglich aus Bochum, also habe ich hier meine eigene Wohnung. Was studierst du denn?"

„Bioinformatik. Du?"

„Sozialwissenschaften."

„Leute, ich will mitreden", platzt Malin rein, woraufhin wir alle anfangen zu lachen.

„Du gehst noch zur Schule?", frage ich.

Sie nickt. „Ich gehe jetzt zum Halbjahreswechsel zurück in die Elfte", sie zuckt mit den Schultern. „Ehrenrunde. Hat immerhin den Vorteil, dass ich nicht während des Klinikaufenthalts Schule machen muss. Die hätten hier ja sonst auch Lehrer im Haus, soweit ich weiß."

Bei meinem Gespräch mit Malin und Mark vergeht die Zeit wie im Flug. Ich erfahre, dass Malin schon mit vierzehn ihren ersten Psychiatrie-Aufenthalt hatte, sie dort aber überhaupt nicht zurechtkam und zu einer Tagesklinik wechselte. Und ich erfahre, dass Mark bereits seit einem halben Jahr zwei Mal wöchentlich zur ambulanten Therapie geht, er und seine Therapeutin nun aber entschieden hatten, dass er etwas intensiveres benötigte.

Ich bemerke vor allem, wie sehr Mark auftaut, der vorher im Vergleich zu Malin und mir noch ziemlich eingeschüchtert gewirkt hatte. Auch meine eigene Angst vor dem Klinikaufenthalt schrumpft immer weiter – vielleicht würde das hier ja doch ziemlich angenehm und nicht nur ein notwendiges Übel auf meinem Werdegang sein.

Wir sitzen gelassen eineinhalb Stunden im Speisesaal zusammen, ohne auch nur darüber zu sprechen, wegen welcher Probleme wir überhaupt alle hier zusammengekommen sind. Dann bin ich die erste von uns dreien, die sich zu ihrem nächsten Termin verabschieden muss.

## Kapitel 14

Meine körperliche Untersuchung verläuft schnell und ohne langes Gespräch mit der Ärztin. Sie ist vielleicht die erste Person, bei der ich heute lande, die mir unfreundlich und uninteressiert erscheint. Sie gibt mir kurze Anweisungen: „Vorbeugen", „Hinsetzen", „Beine lang, Zehen ran ziehen". Dann stellt sie fest, dass meine Sehnen verkürzt sind und meint: „Ein bisschen Skoliose haben Sie ja schon, wissen Sie aber auch, ne?"

„Ne", antworte ich. „Was ist das?"

Die Ärztin nickt und notiert sich etwas in ihrem Block.

Ich entscheide, dass ich ‚Skoliose' dann wohl später googeln werde.

Als nächstes sieht die Ärztin mir in Mund und Nase, dann ordnet sie an, dass ich meinen Oberkörper frei machen und mich hinlegen soll und rollt die Gerätschaft für das EKG neben die Liege. Durch die sich festsaugenden Knöpfe ist das EKG nicht gerade die angenehmste Erfahrung, aber auch nicht wirklich schmerzhaft und schnell vorbei. „Das war's schon", sagt die Ärztin, als sie die Knöpfe wieder löst.

„Danke." Ich ziehe meine Kleidung wieder über, springe von der Liege und verlasse den Raum. Eine Viertelstunde ist insgesamt vergangen.

Für die erneute Wartezeit bis zu meinem letzten Termin heute kehre ich in den Gemeinschaftsraum zurück, wo ich auf einem Sofa in der Ecke Mark entdecke, seine Nase in ein Buch versenkt. Ich steuere auf ihn zu und als er aufsieht, grinst er leicht. „Das ging aber schnell, bist du nicht gerade erst weg?"

Ich lasse mich neben ihn aufs Sofa fallen. „Die Frau war vielleicht nicht die Freundlichste, aber sehr effizient. Hey, weißt du, was Skoliose ist?"

„Eine krumme Wirbelsäule", antwortet Mark. „Wieso?"

„Aaaah", mache ich und zucke mit den Schultern. „Anscheinend habe ich das."

„Hm", meint Mark, „das sagt eigentlich nicht viel aus. Haben viele. Die Frage ist, wie stark."

„So kommunikativ war die Ärztin nicht", antworte ich mit einem kleinen Lachen.

Mark grinst leicht und sieht auf die Uhr. „Als nächstes bin ich wohl dran", stellt er fest und lässt sein Buch in der Tasche verschwinden.

„Ist Malin gerade?"

Er nickt. „Sehen wir uns zum Mittagessen?"

„Ja, klingt gut", meine ich. „Ich hab nur noch um 11:30 Uhr einen Termin, danach komme ich wieder hierher."

„Perfekt", sagt Mark, hebt kurz die Hand zum Abschied und verlässt den Raum.

Keine weitere Viertelstunde später taucht Malin wieder auf und wir verbringen die Zeit mit Spielen aus der riesigen

Sammlung in den Regalen an der Wand. Erst ein paar Runden Uno, dann The Game. Es dauert auch nicht lange, bis Mark wieder zu uns stößt. Ansonsten ist der Gemeinschaftsraum ziemlich leer. Ab und an sehen wir einige der älteren Leute, die auch mit uns zusammen bei der Einführung waren. Um 11:30 Uhr haben sowohl Malin als auch ich unseren Therapietermin, müssen Mark zurücklassen und gehen gemeinsam zu den nebeneinanderliegenden Therapeutenzimmern.

Ich werde mit dem üblichen „Frau Heil?", aufgerufen, springe auf und folge einer sehr jung aussehenden Frau in einen kleinen, aber gemütlich wirkenden Raum mit einem runden Couchtisch und zwei Sesseln. Die Frau deutet auf einen der Sessel und sagt „bitte", woraufhin ich mich setze. Sie lässt sich mir gegenüber nieder und schenkt mir erstmal ein freundliches Lächeln. „Ich bin Frau Böker und werde Sie die nächsten Wochen therapeutisch begleiten. Wie war denn Ihr erster Tag bisher?"

„Gut", antworte ich. „Es ist sehr entspannt bisher, alle sind freundlich und ich hab direkt zwei Leute in meinem Alter gefunden, die auch heute angefangen sind und mit denen ich mich sehr gut verstehe."

Frau Böker lächelt erneut, dann nimmt sie eine Mappe vom Tisch und blättert eine Seite darin auf. „Sie waren bisher nicht in Therapie, nicht wahr?"

Ich nicke. „Nein, noch gar nicht."

„Wir werden ein wenig diagnostische Arbeit vornehmen", erklärt Frau Böker und zieht aus der Mappe einen Stapel

Blätter hervor, die sie mir über den Tisch hinweg zuschiebt. „Nach allem, was ich bisher über Ihren Fall gelesen habe, also nach den Formularen, die Sie ja bereits vor Aufnahme hier ausfüllen mussten, halte ich es nicht für ausgeschlossen, dass Sie an einer posttraumatischen Belastungsstörung leiden. Dieser Fragebogen gibt noch etwas mehr Einblick zu Ihren Symptomen. Den müssten Sie zuhause ausfüllen und mir am besten spätestens Montag in den Briefkasten werfen, dann habe ich bis zu unserem nächsten Termin Zeit, ihn mir anzusehen. Der Briefkasten ist gleich vor dem Eingang zu meinem Raum, falls er Ihnen nicht aufgefallen ist."

Ich nicke langsam, werfe einen kurzen Blick auf den etwas erschlagend wirkenden Fragebogen und lasse ihn dann in meiner Tasche verschwinden.

„Ich weiß, das ist viel auf einmal", lenkt Frau Böker verständnisvoll ein. „Wie wäre es, wenn wir erstmal gemeinsam Ihren Therapieplan entwerfen? Sie haben bei einigen Angeboten selbst die Wahl, ob Sie das Programm ausprobieren möchten oder nicht. Natürlich können Sie auch jederzeit während ihres Aufenthalts noch Änderungen vornehmen, dann müssen Sie mir einfach Bescheid sagen."

Ich nicke wieder. „Klingt gut."

„Also im Groben sieht es so aus", erklärt Frau Böker. „Sie haben jede Woche eine Einzeltherapiesitzung bei mir und eine Gruppentherapiesitzung. Ebenfalls festgelegt ist das Entwicklungsseminar bei Frau Specht, dabei geht es vor allem um Kompetenz- und Persönlichkeitsentwicklung. Außerdem haben wir einige körperliche Anwendungen. Walking steht zum Beispiel bei jedem auf dem Plan, der Rest ist ziemlich frei wählbar. Das klingt erstmal komisch, aber bisher hat noch jeder Patient gemerkt, dass körperliche Beschäftigung eine riesige Stütze bei mentaler Belastung ist. Bei Ihnen wurde Skoliose festgestellt, das bedeutet, wir empfehlen Ihnen auf jeden Fall die Teilnahme an der Rückengymnastik." Frau Böker sieht mich kurz fragend an und als ich meine Zustimmung gebe, macht sie sich eine Notiz in ihrer Mappe. „Am besten, wir gehen das Angebot einfach durch und Sie sagen mir, wenn Sie Interesse haben, es auszuprobieren", schlägt sie dann vor und rattert ihre Liste herunter: Kampfsport, Kraftsport, Kunsttherapie, Musiktherapie, Yoga, Wandern, Wasser-gymnastik, Tanz, Entspannungstraining.

Kunsttherapie ist für mich das Erste, was ein definitives Ja bekommt. Schließlich hat Luis mir das gefühlt schon beigebracht. Daneben entscheide ich mich noch für Tanz (beim Feiern tanze ich schließlich auch), Yoga (auch wenn ich mir sicher bin, dass ich das bereuen werde, ausprobieren kostet nichts) und Entspannungstraining (denn das kann ja nicht falsch sein, oder?).

Als wir fertig mit der Erstellung meines Plans sind, wirft Frau Böker einen kurzen Blick auf die Uhr. „Jetzt haben wir noch eine Viertelstunde. Ich habe ja schon ein wenig was von Ihnen gelesen, aber wollen Sie mir vielleicht kurz erklären, weshalb Sie sich für die Behandlung hier entschieden haben?"

Ich nicke kurz. „Weil es nicht mehr anders möglich war, schätze ich", setze ich dann an. „Ich meine, ich habe im Alltag irgendwie funktioniert, aber… es war…", ich spüre, dass ich meiner Therapeutin nicht mehr in die Augen sehen kann, „… wie im Nebel."

„Ist etwas bestimmtes vorgefallen, seit dem es Ihnen so geht?"

„Mein… Ex-Mitbewohner, Ex-bester Freund, Ex… Liebe meines Lebens oder irgendwie sowas hatte den Impuls, mich umzubringen." Die Worte kommen schnell und emotionslos aus mir heraus. Sie sind auswendig gelernt und lassen mich inzwischen kalt und irgendwie… stellen sich in dieser Situation – in der Klinik bei meiner Therapeutin – doch plötzlich die Haare an meinen Armen bei dem Gedanken an unsere längst vergangene Situation auf.

Frau Böker macht sich eine Notiz und sieht mich dann lange und nachdenklich an. „Haben Sie jemals darüber gesprochen?", fragt sie schließlich.

„Dutzende Male", antworte ich. „Ich binde es jedem auf, ob er es hören will oder nicht… als müsste ich es selbst hören, um zu wissen, dass es wahr ist."

„Nein, ich meine…", sagt Frau Böker, „Sie – Sie beide – Sie und er."

„Achso, nein", erwidere ich mit einem energischen Kopfschütteln. „Er, ähm… er lässt mich nicht."

„Hm." Frau Böker nickt, als hätte ich ihr genau das Puzzlestück in die Hand gedrückt, nachdem sie gerade gesucht hat. „Sie würden sich also gerne aussprechen, ja?" Ich nicke, woraufhin sie sich erneut etwas in ihrer Mappe notiert.

„Eigentlich ist es in einer Klinik anders als in einer ambulanten Therapie nicht üblich, viel Zeit in Einzeltherapien aufzuwenden, wir setzen hier eher auf Gruppentherapien. In Ihrem Fall, Frau Heil, habe ich allerdings das Gefühl, dass wir mit einer Technik mehr Erfolg erzielen könnten, die eine Doppelsitzung notwendig machen würde… Das ist allerdings nur mein erster Gedanke und ich kann Ihnen erst mehr in der nächsten Woche dazu sagen, wenn wir uns besser kennen gelernt haben. Aber wären Sie grundsätzlich auch für eine längere Therapiesitzung offen? Das kann sehr intensiv werden."

„Ich bin offen", antworte ich schnell und diesmal fällt es mir überhaupt nicht schwer, Frau Böker in die Augen zu sehen. „Egal, wie schmerzhaft, Hauptsache, es hilft."

Meine Therapeutin sieht mich erneut so an, mit dieser Mischung aus ehrlichem Mitgefühl und Nachdenklichkeit… als wäre ich ein Rätsel, das sie höchst interessant findet. „Wir kommen ans Ende unserer Zeit", sagt sie dann. „Haben Sie aktuell noch dringende Fragen?"

„Ich glaube, es ist alles klar so weit."

„In Ordnung. Ich kann Sie so gehen lassen und wir sehen uns nächste Woche?"

Ich nicke, Frau Böker lächelt erneut, steht auf und öffnet mir die Tür.

Plötzlich kommt mir der erste Tag überhaupt nicht mehr so entspannt vor, wie noch heute Morgen, als ich zum ersten Mal auf meinen Terminplan geschaut habe. Es ist 12:15 Uhr und ich fühle mich, als wäre es zwei Uhr nachts. Es ist der verdammte Fragebogen in meiner Tasche, der dieses Gefühl in mir auslöst: Er wird mich dazu zwingen, jedes Detail über uns aufzuschreiben. Du wirst wieder da sein. Und ironischerweise macht mich das einsamer als ich mich zu irgendeinem Zeitpunkt in den letzten Wochen gefühlt habe.


Es ist erst kurz nach zwei, als ich wieder in meiner Wohnung bin und obwohl ich bis zum Mittagessen noch ein paar schöne Spielrunden mit Malin und Mark hatte, fühle ich mich ausgelaugt, als hätte ich den ganzen Tag hart arbeiten müssen. Ich schlüpfe aus den Schuhen und lasse mich lang auf mein Bett fallen. Ich weiß, dass der Fragebogen wartet, und ich will ihn nicht lange aufschieben. Nein, ich muss das sofort anpacken… Prokrastination würde die Situation nicht verbessern. Ich seufze und richte mich langsam wieder auf. Dein Geist sitzt auf dem Schreibtischstuhl und sieht mich an. „Hilf mir", wispere ich.

„Das kann ich nicht."

Ich stoße die Luft aus. „Ja", flüstere ich. „Ich weiß."

Ich knalle die Blättersammlung auf den Schreibtisch und verjage deinen Geist im selben Moment, in dem ich mich auf seinen Schoß sinken lasse. Sich mit sich selbst auseinanderzusetzen ist verdammt gruselig. Vor allem, wenn es um Gefühle geht, die man monatelang erfolgreich in Partys, Alkohol und Sex ertränkt hat. Und doch sind diese Fragen, die ich beantworten muss, nur ein erster Schritt.

Mein erster Tag war erfolgreich – ich fühle mich wohl mit dem Klinikaufenthalt, ich fühle mich wohl mit den Therapeuten, mit meinem Stundenplan und meinen Mitpatienten. Und doch... pocht meine Angst wie eh und je, aber ich sehe über sie hinweg... dein Geist lässt mich in Ruhe eine Frage nach der anderen beantworten. Ich fange an zu verarbeiten. Denn ich... bin mutig.

## Kapitel 15

Am Freitag treffe ich gegen 7:30 Uhr Mark im Speisesaal. Malin schickt uns eine Stunde später die Nachricht, dass sie voll verschlafen und zum Glück erst um 11 einen Termin hätte. Nach dem Frühstück gehe ich beim Zimmer meiner Therapeutin vorbei, um den ausgefüllten Fragebogen in den Briefkasten zu werfen und dann mache ich mich zehn Minuten vor der Zeit auf den Weg zum Entwicklungsseminar, bei dem ich noch keine Vorstellung habe, was ich davon erwarten soll.

Der Raum ist lichtdurchflutet und in ihm ist ein großer Stuhlkreis aufgestellt, in dem bereits vereinzelt Patienten Platz genommen haben. Vorne, in ihre Unterlagen vertieft, sitzt eine Frau, die kaum älter als dreißig sein kann, mit langen blonden Locken. Direkt neben ihr ist ein leeres Whiteboard. Ich setze mich auf einen freien Platz und beobachte, wie sich der Raum in den nächsten fünf Minuten rapide füllt.

Schließlich steht die Frau mit den gewellten Haaren auf und lächelt in die Runde. „Da sind wir wieder!", sagt sie fröhlich. „Für alle, die mich noch nicht kennen: Ich bin Frau Specht und leite hier in unserer Klinik das ‚Entwicklungsseminar'. Das Entwicklungsseminar haben hier normalerweise alle Patienten automatisch auf dem Plan stehen, weil es eben auch Themen behandelt, die für jeden – egal in welcher Lebenslage – relevant sind. Ich bearbeite mit euch jede Woche ein anderes Thema, insgesamt gibt es acht Themen, also wenn Sie zum Beispiel einen fünfwöchigen Aufenthalt hier haben, bekommen sie fünf Themen mit. Nach den anderen können Sie mich gerne einfach fragen und ich gebe Ihnen ein paar Ausdrücke mit." Sie lächelt kurz in die Runde, als wolle sie sicherstellen, dass wir alle Informationen so weit aufgenommen hätten. „Alles klar", fährt sie dann fort. „Unser heutiges Thema sind Gefühle." Sie schreibt das Wort groß auf das Whiteboard, direkt darunter zieht sie eine Trennungslinie und schreibt auf die eine Seite „negativ" und auf die andere „positiv", dann bittet sie uns, Gefühle zu nennen und einzuordnen. Die Klassiker Wut, Trauer, Enttäuschung auf der Negativ-Seite und Freude und Glück auf der Positiv-Seite sind schnell gefunden. Dann reihen sich nach und nach bei Negativ noch Angst, Überforderung und Hilflosigkeit ein und bei Positiv Entspannung, Zufriedenheit, Fröhlichkeit und Dankbarkeit. Frau Specht hat eine motivierende Art, die zum Mitmachen einlädt.

Schließlich bedankt sie sich für jeden Vorschlag und sagt am Ende: „Und jetzt", sie streicht die Worte ‚positiv' und ‚negativ' durch, „vergessen Sie bitte sofort wieder, was sie wo zugeordnet haben. Vergessen Sie, dass wir Gefühle entweder als positiv oder als negativ bewerten. Es gibt kein positiv und negativ bei Gefühlen, das sind alles nur Gefühle, die alle dieselbe Existenz-Berechtigung haben!"

Frau Specht beginnt neue Überschriften anstelle von ‚positiv' und ‚negativ' aufzuschreiben, die ich neugierig lese: ‚Gefühle erfüllter Bedürfnisse' und ‚Gefühle unerfüllter Bedürfnisse'.

Frau Specht klickt zufrieden den Stift zu und sieht in die Runde. „Wir alle haben Bedürfnisse", sagt sie. „Sie alle kennen sicher die Grundbedürfnisse – auch die gehen mit Gefühlen einher. Ist mein Bedürfnis nach Essen gestillt, bin ich satt. Ist es nicht gestillt, bin ich hungrig. Erst der Hunger gibt mir Bescheid, dass ich was essen sollte. Der Hunger, ein potenziell ‚negatives' Gefühl, löst erst aus, dass ich mich für meinen Körper einsetze, indem ich ihm etwas zu Essen besorge." Frau Specht legt eine kurze Pause ein, um ihre Worte wirken zu lassen - und das tun sie… sie wirken. Ich denke darüber nach, wie ich bislang auf meine Trauer reagiert habe. Ich habe sie nicht gerade dankbar angenommen, soviel ist sicher.

„Wieso gehen wir mit unserer Psyche so anders um als mit unserem Körper?", fährt Frau Specht schließlich fort. „Sind es körperliche Bedürfnisse, fällt es uns ganz einfach, auf sie zu hören, sobald die ‚negativen' Gefühle sich zeigen: Bin ich hungrig, esse ich. Bin ich müde, schlafe ich. Wieso schreie ich nicht, wenn ich wütend bin? Wieso erlaube ich mir nicht, die Wut auszuleben und ein wenig um mich zu schlagen? Wieso weine ich nicht, wenn ich traurig bin? Wir verteufeln unsere Gefühle, statt sie uns anzusehen und ihnen dankbar zu sein, weil sie uns zeigen, wo gerade unsere Bedürfnisse liegen, die noch unerfüllt sind und denen wir uns widmen können und sollten."

Frau Spechts ganzer Vortag ist nicht nur spannend, sondern auch ebenso bewegend... mitreißend irgendwie. Als ich den Raum wieder verlasse, bin ich angefüllt mit neuen Gedanken, die sich erst einmal setzen müssen. Aber sie fühlen sich toll an – auf eine Art, die mir noch nicht ganz begreiflich ist.

Da Malin und Mark vor dem Mittagessen noch Termine haben und bei mir erst nach dem Essen wieder was ansteht (mein Tagesplan ist immer noch ziemlich entspannt, freitags nur Entwicklungsseminar und Tanzen), entscheide ich, zwischendurch zurück in meine Wohnung zu fahren. Dass das die richtige Entscheidung war, merke ich recht schnell: Ich habe genug Zeit für drei Folgen Friends und kann den Vortrag von Frau Specht sacken lassen, außerdem kann ich direkt Sportklamotten für meinen nächsten Termin anziehen und muss mich später in der Klinik nicht mehr umziehen.

Zum Mittagessen treffe ich Malin und Mark wieder im Speisesaal, danach haben die beiden leider wieder Termine, weshalb ich mich noch eine Stunde bis zum Tanzen in den Gemeinschaftsraum setze und mich mit Lesen beschäftige. Danach betrete ich zur Tanztherapie einen Raum, der mit Teppichboden ausgelegt und genauso lichtdurchflutet ist wie schon der Raum heute Morgen. Die

Patienten, die sich schon versammelt haben, sind durchweg weiblich.

Eine etwas rundliche Frau mit einem brünetten Dutt auf dem Kopf begrüßt uns fröhlich und stellt sich als Frau Birke vor. Sie macht das erste Lied an – ein Afro-Song – und fängt an, sich zu bewegen. Ich mache am Anfang nur zögerlich mit, aber merke im Laufe der Stunde spürbar, wie ich immer lockerer, die Bewegungen immer natürlicher werden. Frau Birke fordert uns immer wieder dazu auf, die Augen zu schließen und uns einfach natürlich weiter zu bewegen. Auf die Musik zu hören – und auf unsere Körper.

Das hier ist nicht wie tanzen im Club. Das hier ist viel mehr. Ich fühle mich leicht. Befreit. Angekommen. Ich fühle mich... ich fühle eine Träne auf meiner Wange und wische sie in der Bewegung mit dem Handrücken weg. Ich weine schon wieder, das gibt es doch nicht! Ich öffne vorsichtig die Augen, fange den Blick der Tanztherapeutin auf und sie nickt mir zu. Wir haben uns ohne Worte darauf geeinigt, dass ich kurz den Raum verlasse, um mich zu beruhigen. Und im Flur fließen die Tränen weiter und ich... lächle. Das erste Mal in meinem Leben, als mein Körper haben durfte, was er wollte, warst das du. Und seitdem hatte ich ihn ignoriert und arbeiten lassen. Weshalb nur war mir nicht bewusst gewesen, wie großartig sich Tanz anfühlen konnte?

Am Ende der Stunde bittet Frau Birke mich diskret zu einem kurzen Gespräch unter vier Augen und fragt, ob alles in Ordnung gewesen sei. Wieder lächele ich sofort: „Absolut", antworte ich. „Es war nur irgendwie... *zu* intensiv für mich, verstehen Sie? Ich hatte irgendwie aus den Augen verloren, dass ich einen Körper habe, den ich... respektieren muss, denn das haben andere ja auch nie getan."

Frau Birkes Blick ist die perfekte Mischung aus Bedauern und Freude über meinen Durchbruch. „Dann hat Ihnen die Stunde geholfen?"

„Und wie", erwidere ich. „Ich hätte nicht gedacht, dass so wenig bereits so viel in mir... lösen kann."

Jetzt lächelt Frau Birke nur noch. „Dann sehe ich Sie in der nächsten Woche?"

„Auf jeden Fall", antworte ich, verabschiede mich und verlasse als letzte Patientin den Raum. *Wochenende,* denke ich und kann nicht anders, als mich auf die kommende Woche in der Klinik zu freuen. Ich hatte bisher erst drei ,richtige' Termine und doch arbeitet alles in mir bereits auf Hochtouren. *Benno,* denke ich, *kann ja sein, dass ich dich liebe. Aber ich werde dich loslassen, hörst du? Ich werde dich loslassen.*

## Kapitel 16

Am Wochenende treffe ich Luis, der sich riesig freut, dass es mir im Vergleich zu Mittwochabend schon wieder sichtlich besser geht. „Ich habe dir doch gesagt, dass das nur Lampenfieber ist", meint er fröhlich. „Hey, Car, soll ich dir was sagen? Du strahlst richtig, das ist mega schön."

Am Samstagabend treffen wir uns mit seinen Mitbewohnern und noch ein paar anderen Freunden aus dem Wohnheim, sitzen in der Küche zusammen und spielen gemütlich Trinkspiele. Ich genieße die Gesellschaft. Ich meine, ich habe die Gesellschaft anderer schon immer genossen, aber im Moment fühlt es sich noch viel schöner an... intensiver irgendwie.

Am Montagmorgen startet mein Tag wieder früh, aber das frühe Aufstehen fällt mir nicht schwer, denn ich bin voller Vorfreude. Nach dem Frühstück ist Mark in derselben Walking-Gruppe wie ich und dort lernen wir das Mädchen kennen, das wir am ersten Tag bereits im Speisesaal bemerkt haben, da sie ungefähr in unserem Alter ist. Sie steuert uns sofort mit einem Grinsen im Gesicht an, offensichtlich froh darüber, jemanden in ihrem Alter in der Walking-Gruppe zu haben: „Ihr seid neue Patienten, hm?"

„Ertappt", sage ich. „Car, hi."

Das Mädchen hat kastanienbraunes, unfassbar stark gelocktes Haar und Sommersprossen über der Nase, die sie automatisch sympathisch wirken lassen. „Jacky", stellt sie sich vor. „Sorry, ich bin einfach so froh, mal Leute in meinem Alter hier zu sehen. Ich bin seit zwei Wochen hier und U25 ist irgendwie verdammt schwach vertreten."

Ich lache kurz. „Ja, ist uns auch schon aufgefallen. Wir waren immerhin zu dritt beim Aufnahmetag."

Jacky schmunzelt kurz. „Immerhin. Wir waren zu zweit und haben auch sonst noch niemanden kennengelernt, der vor uns da war. Nur Clemens und ich, schon kennengelernt?"

Ich schüttele den Kopf und Jacky winkt ab. „Das holen wir nach."

Während des Walkings wächst sie mir sofort ans Herz. Ich lerne, dass sie aktuell eine Ausbildung zur Kranken-pflegerin macht und hofft, danach noch Medizin studieren zu können. Außerdem wohnt sie genau wie ich direkt in Bielefeld und nur zwei Bahnstationen von der Klinik entfernt. Beim Abgleich unserer Therapiepläne fällt uns auf, dass wir am nächsten Tag auch zusammen in der Rückengymnastik sein werden. „Lass dich nicht wie ich täuschen", warnt mich Jacky dazu vor. „Ich dachte am Anfang, das ist total entspannt, einfach ein paar Rücken-übungen, schönes Ausdehnen und so. Aber Frau Birke macht Power-Sport."

„Okay", lache ich. „Ich werd's mir merken."

Direkt im Anschluss an das Walking gehe ich ins Gebäude zur Kunsttherapie, wo ich Malin wieder treffe. Der Raum erinnert stark an die Kunsträume, wie man sie schon aus der Schule kannte, nur dass wir hier, anders als im Kunstunterricht früher, viel freier arbeiten dürfen. Malin und ich bekommen zwar erstmal den Auftrag, alles auszuprobieren, aber danach können wir selbst entscheiden, wobei wir bleiben möchten. Während Malin sich in den Ton verliebt, bleibe ich lieber bei Stift und Papier... das kommt dem Zeichnen auf meinem Tablet einfach näher.

Die ganze Woche verläuft gut. Genau wie Jacky angekündigt hat, ist die Rückengymnastik am Dienstag ein brutales und doch wohltuendes Workout. Am Mittwoch in der Gruppentherapie lerne ich auch Clemens kennen und in meinen freien Phasen habe ich damit eigentlich immer jemanden, mit dem ich quatschen oder Spiele spielen kann. Manchmal sitzen wir nur zu zweit zusammen, manchmal sind wir alle fünf U25er im Gemeinschaftsraum versammelt.

Im Entspannungstraining und im Yoga lerne ich, meinen Körper noch mal auf eine jeweils ganz andere Art zu spüren und zu behandeln. Ich fühle mich losgelassen, getragen, von allen Gewichten befreit. Ich lerne, Geduld mit mir zu haben, mir bewusst Zeit zu nehmen, meinen Atem wahrzunehmen und zu verlangsamen... es fühlt sich irgendwie magisch an, obwohl es einzeln betrachtet alles nur Kleinigkeiten sind.

Und schließlich, am Donnerstagnachmittag, habe ich meine zweite Therapiesitzung mit Frau Böker.

„Wie war Ihre erste Woche?", startet sie das Gespräch mit einem freundlichen Lächeln.

„Gut", antworte ich reflexhaft und hänge an: „Wirklich sehr gut. Jede Anwendung hat mir irgendwie auf je komplett unterschiedliche Arten die Augen geöffnet."

Frau Böker lächelt. „Das freut mich zu hören. Dann widmen wir uns mal Ihrer Auswertung... Frau Heil, Sie haben beschrieben, dass Sie seit dem belastenden Ereignis halluzinieren. Können Sie mir beschreiben, wie das aussieht?"

Ich schlucke. So oft ich auch schon über dich gesprochen habe, über deinen Geist weiß niemand Bescheid. Nicht einmal Luis. „Es ist, als wäre...", setze ich langsam an. „...als wäre Benno immer noch da. Nicht pausenlos, aber häufig. Vor allem, sobald ich allein bin. Aber es ist nicht der Benno, den ich kannte, es ist eher ein... ein Betrüger. Jemand, der mir schaden will."

„Und der Benno, den Sie kannten... er wollte Ihnen nicht schaden?"

„Nein!", antworte ich wie aus der Pistole geschossen.

„Aber war er es nicht, der Sie körperlich am Arm verletzt hat?"

„Nun ja... ja... aber das war ein Unfall."

„Und danach hat sich Benno von Ihnen distanziert, das habe ich doch noch richtig in Erinnerung, oder?"

Ich nicke. In der Bewegung liegt fast eine Art Trotz. „Er muss Angst haben", sage ich leise mit dem stillen Gefühl, dich vor meiner Therapeutin verteidigen zu müssen. „Anders kann ich es mir nicht erklären."

Frau Böker nimmt meine Worte erstmal hin, macht sich eine Notiz und stellt dann eine andere Frage: „Frau Heil, haben Sie auch Flashbacks?"

„Inwiefern?", erwidere ich.

„Hm, erleben Sie die Situation, in der Benno Sie angegriffen hat, in Gedanken erneut?"

Ich schlucke. Nicke dann vorsichtig.

„Und erleben Sie auch andere Situationen erneut? Vielleicht von vor dem Vorfall?"

Wieder kann ich nur nicken.

„Die Auswertung Ihrer Fragen ist eigentlich ziemlich eindeutig... natürlich haben Sie aktuell auch Symptome vor allem einer Panikstörung und auch solche einer Depression, hochfunktional in ihrem Fall, aber der eigentliche Auslöser ist eine posttraumatische Belastungsstörung. PTBS. Können Sie mit dem Begriff etwas anfangen?"

Diesmal schüttele ich den Kopf.

„Frau Heil, Sie haben ein Trauma erlitten. Ist Ihnen das überhaupt wirklich bewusst?"

*Trauma.* Ich wiederhole das Wort in meinem Kopf. Wieso nur klingt das nach einer so großen Sache? Aber es *ist* ja auch eine große Sache, es ist... versuchter Mord... oder so. Und wäre der Grund jede andere Person, wäre es vermutlich nach zwei Monaten vergessen gewesen. Aber es war nicht irgendeine Person, es warst *du*. Dem ich so sehr vertraute… mehr als mir selbst. Ich habe den Begriff ‚Trauma' für mich selbst schon vorher gedacht, aber noch nie von jemand anderem gehört.

„Die Geschichte ist für Sie nicht abgeschlossen und Sie würden sich gerne mit ihm aussprechen, nicht wahr?", reißt mich Frau Böker aus meinen Gedanken.

„Ja", flüstere ich. „Das trifft es ziemlich gut."

„Haben Sie schon einmal probiert, einen Brief an Benno zu schreiben? Sie müssen ihn auch nicht abschicken, aber es kann helfen, Ihre Gedanken rauszulassen."

„Nein", antworte ich. „Das habe ich bisher wohl nicht probiert. Ich diskutiere es nur immer wieder mit seinem Geist aus, also… mit meiner Halluzination."

„Dann tun Sie das hier", antwortet meine Therapeutin und auf irgendeine Art bin ich von dieser Reaktion überrascht.

„Aber nicht zwischen Tür und Angel, sondern ausgiebig. Lassen Sie sich nicht von ihm kleinreden, sondern nehmen Sie sich die Zeit, ihm all das an den Kopf zu werfen, was Sie unbedingt loslassen wollen. Sie dürfen wütend sein und traurig. Ich würde gerne einen sicheren Rahmen für Sie gestalten. Das ist die Übung, die ich letzte Woche bereits angesprochen habe, die mehr Zeit in Anspruch nehmen würde. Wir könnten in der nächsten Woche eine Doppelsitzung vereinbaren, wenn Sie daran interessiert sind."

„Ja", entgegne ich etwas wortkarg. „Ja, das klingt… gut." *Und überfordernd,* denke ich zu Ende, *aber trotzdem*

*brenne ich darauf. Ich will das! Ich will reden. Und*
*loslassen. Und Veränderung.*

„Die Übung wird so ablaufen, dass wir einen leeren Stuhl
mit in den Raum holen und Sie sich Benno dort vorstellen
oder seinem Geist erlauben, dort Platz zu nehmen. Und
dann können Sie so lange mit ihm reden, wie Sie es
benötigen. Sie können einen Brief vorbereiten und ihn
vorlesen oder spontan reagieren. Da hat jeder eigene
Präferenzen", erklärt Frau Böker.

Ich sehe zu der noch leeren Stelle im Raum, an der in der
nächsten Woche der Stuhl für dich stehen wird, dann nicke
ich entschlossen: „Ich bin dabei."

In der Woche darauf sitze ich auf einem anderen Platz und
starre den leeren Stuhl mir gegenüber an. Der Platz, auf
dem ich sonst sitze, ist für mein anderes Ich reserviert, das
nach dem Gespräch zurück in den Raum kommen wird:
Der Ortswechsel wird mir helfen, nach der Übung in eine
reflektierende Position zu wechseln, hat Frau Böker
erklärt. Ich habe einen zweiseitigen Brief in meinen
Händen, welche genau wie meine Füße zittern. Alles, was
ich jetzt noch tun muss, ist anfangen. Mein Blick schweift
kurz zu dem Zettel in meiner Hand und dann zurück zu
dem Stuhl – zu dir… oder zumindest zu dem Platz, an dem
du jetzt eigentlich sein solltest. Dann zerknülle ich den
Brief kurzerhand. Ich mag inzwischen ganz gut zeichnen
können, aber eine gute Schreiberin macht das noch nicht
aus mir. Der Brief ist zu überlegt, ich habe mich beim

Schreiben ausgebremst. Aber das werde ich jetzt nicht, denn wir, Benno – du und ich – wir werden jetzt verdammt nochmal reden!

„Du bist ein Arschloch", fange ich an, noch klingt meine Stimme emotionslos… kein Wunder, denn schließlich rede ich am Ende des Tages doch gerade nur mit einem Stuhl und werde dabei beobachtet. „Du hast mich fallen gelassen." Meine Hände zittern stärker und ich kralle sie in das zerknitterte Papier. „Okay, Benno, ich fange nochmal an." Ich schüttele kurz den Kopf. Langsam, aber sicher fangen die Emotionen an zu köcheln. „Weißt du noch, als du mir versprochen und versprochen und versprochen hast, mich nicht zu verlassen, obwohl nichts, was ich damals hatte, deine Schuld war? Ich meine, es *war* auf irgendeine Art schon immer deine Schuld, aber du hast damals nichts getan, nichts… bewusstes jedenfalls. Weißt du noch, als du immer nur mein beschissenes Wohlergehen im Kopf hattest? Weißt du noch, als ich extra unter die Dusche gegangen bin, um mich ausschreien zu können? Du hast an die Badezimmertür geklopft und gerufen: ‚Komm raus'. Und ich habe geantwortet: ‚Ich dusche!'. Und du hast gesagt: ‚Nein, du weinst und ich werde dich jetzt umarmen.'" Ich schüttele meinen Kopf erneut, denn alles, was ich sage, ist wahr und ich kann nicht verstehen, wie. „Was hat sich seitdem verändert? Ich habe dich so sehr geliebt, Benno. Nein, ich *liebe* dich. Du hast gesagt, du wirst nicht gehen. Du hast es *versprochen.* Ich habe gesagt: ‚Meine Welt steht in Flammen' und du hast geantwortet:

‚Na und? Dann sind es halt wir beide gegen die brennende Welt.'" Ich lasse den Kopf hängen. Ich brauche eine Pause. Die Enttäuschung fühlt sich an wie ein Messer tief in meiner Brust.

„Ich verstehe einfach nicht, was passiert ist", flüstere ich, ohne wieder aufzusehen, schließe die Augen und spüre die Tränen, die sich in dicken Tropfen darin sammeln. „Ich verstehe es einfach nicht."

Inzwischen bin ich in der Stuhl-Übung aufgegangen, meine Therapeutin, die noch immer als stiller Beobachter mit im Raum sitzt, blende ich vollkommen aus. Ich nehme mir meine Zeit, vermutlich mehrere Minuten, dann sehe ich endlich wieder auf. Die Augen trocken und voller Feuer. „Du bist so ein Arschloch", sage ich erneut, aber diesmal schneiden meine Worte. „Du bist so ein riesiger, riesiger *Feigling.*" Ich spucke das letzte Wort aus, als wäre es die größte Beleidigung, die ich kenne. „Du Wichser hast mir das angetan." Ich reiße meinen Ärmel nach oben und strecke ihm meinen Arm entgegen. „*Du* hast mir das angetan. Und *du* hast mir…", ich fuchtele wild gestikulierend um mich, „…das alles hier angetan. Deinetwegen bin ich hier! Deinetwegen bin ich traumatisiert! Deinetwegen stinkt es zum Himmel, weil es mir so scheiße geht! Und weißt du was, Benno, hm, weißt du was?" Ich lehne mich provokant auf meinem Stuhl nach vorne. „Das ist nicht mal, weil du körperlich geworden bist. Nein, ist es nicht. Es ist, weil du mich damit allein gelassen hast und ich, verfickt nochmal, nicht verstehe, wer zum Teufel du bist!

152

Wer bist du und was hast du mit meinem Benno gemacht?!" Ich lehne mich wieder zurück und lasse die Wut auströpfeln. Sie ist eine so wundervolle Abwechslung zur Trauer und doch ist es nur die Kombi aus beiden Gefühlen, die meine Situation prägt. Ich lasse den Kopf in den Nacken fallen und schließe im Flüsterton mit der Frage, die seit jeher mein gesamtes Leben durchdringt: „Wie konntest du nur?" Ich schüttele den Kopf, blinzele ein paar Mal und starre dann dir…, wenn du denn wirklich hier wärest, direkt in die Augen: „Wie…", frage ich sachlich und leise, „… konntest du nur?"

## Kapitel 17

Aus der Stuhlübung wieder herauszufinden ist leichter als gedacht. Und das Gefühl danach... unfassbar erlösend. Zum ersten Mal habe ich das Gefühl... *wirklich* darüber gesprochen zu haben. Auf dem Weg aus der Klinik begegne ich Jacky im Flur. „Hey", sagt sie fröhlich, „na, auch fertig für heute?"

Ich nicke.

„Hast du noch Lust, mit zu mir zu kommen?", fragt Jacky, „Auf ein Glas Wein und quatschen? Den Abend ausklingen lassen?"

Ich lache auf und nicke. „Sehr gerne."

Jackys Wohnung hat einen ähnlichen Grundriss wie meine, aber Jacky lebt deutlich ordentlicher. Außerdem stapeln sich in ihrem Bücherregal medizinische Bücher, während bei mir eher Freizeitlektüre in Form von Krimi-Romanen überwiegt. „Du bist echt engagiert, was deinen Berufswunsch angeht, hm?"

Jacky seufzt. „Ja, ich muss unbedingt für das Studium zugelassen werden. Ich will nichts anderes als Ärztin werden. Mein Vater war drogenabhängig, weißt du? Und ich konnte nichts machen."

Ich sehe von den Büchern weg zu ihr und blinzele ein paar Mal überrascht. „Wieso reden wir eigentlich nie darüber?", frage ich dann.

„Was meinst du?"

„Na, weshalb wir in der Klinik sind. Wir wissen alle, dass keiner von uns ein perfektes Leben haben kann, sonst hätten wir uns dort nicht kennengelernt. Und doch sitzen wir meist nur zusammen, spielen Spiele, haben eine super Zeit und reden über Uni oder Schule oder Arbeit. Aber nie über die Hintergründe."

Es stimmt. Ironischerweise sind die Leute in der Klinik die einzigen Bekanntschaften, die ich habe, die *nichts* über dich wissen.

Jacky schmunzelt leicht. „Vielleicht weil wir denken, uns in den Therapien dort schon genug damit auseinanderzusetzen." Sie lässt sich auf die Bank an ihrem Esstisch sinken und klopft auf den Platz neben sich, damit ich mich auch setze. „Mein Vater war drogenabhängig", wiederholt sie dann. „Jahrelang. *War.* Er ist vor nicht ganz einem Jahr gestorben."

„Das tut mir leid", flüstere ich, doch Jacky schüttelt den Kopf. „Das muss es nicht. Am Ende war es besser so. Er hat immer wieder versprochen, sich zu bessern, aber jeden Entzug abgebrochen. Meine Mutter hat sich vor drei Jahren von ihm getrennt, was ich vollkommen verstehen kann. Sie hat sich um sich selbst kümmern müssen. Für ihn war das allerdings so, als hätte sie ihn eiskalt im Stich gelassen… Und dann blieb es irgendwie an mir hängen." Sie zuckt mit den Schultern. „Außer mir hatte er niemanden mehr."

155

„Und jetzt bist du diejenige mit den Problemen", meine ich. „Kommt mir auch nicht gerade fair vor."

Jacky lächelt vorsichtig und zuckt erneut mit den Schultern. „Mag sein. Vielleicht ist es wirklich nicht fair. Aber ich kann nichts Besseres tun als daran zu arbeiten, oder? Und genau das tue ich ja jetzt. Und weißt du was? Die Klinik hilft mir verdammt gut."

„Weißt du…", sage ich. „Manchmal frage ich mich, ob ich ein Recht habe, mich so zu fühlen. Ich habe keine traumatisierte Kindheit, bin nicht hungernd in Afrika aufgewachsen und wurde auch nicht auf der Straße ver- gewaltigt."

Jacky lässt kurz nachdenklich ihre Finger auf den Küchentisch tippen. „Es ist total egal, wie groß der Auslöser ist", meint sie dann. „Du hast jedes Recht, dich genauso zu fühlen, wie du dich fühlst. Und egal, wie groß das Problem ist, du hast immer das Recht, dir helfen zu lassen." Sie legt den Kopf schief. „Aber ich weiß noch absolut nichts über deinen Auslöser. Du bist dran. Was ist deine Geschichte?"

Ich sehe Jacky in die Augen und – vielleicht zum ersten Mal – schlucke ich den instinktiven Satz hinunter, der unsere Geschichte schon beinahe ins Lächerliche zieht und den ich, vielleicht genau deswegen, sonst immer und immer wieder verwende. „Lange Geschichte", starte ich stattdessen.

„Dann hole ich erst den Wein?"

Ich lache kurz. „Ja. Vielleicht ist das besser."

Jacky füllt unsere Gläser ein, ich nehme einen kleinen Schluck und begegne ihrem erwartungsvollen Blick. Ich muss noch einmal grinsen und dann fange ich an – und diesmal mit dem Anfang anstatt direkt mit unserem Ende.

Den gemütlichen Weinabend zum Ausklang des Therapietags wiederholen Jacky und ich ab diesem Tag häufiger (wobei wir nicht wirklich immer Wein trinken, das würde auch zu sehr ins Geld gehen). Mit ihr über dich zu reden ist erneut ein vollkommen anderes Erlebnis. Anders als mit anderen Bekannten sowieso, viel tiefer, echter und bewegender. Und auch noch einmal anders als in der Einzel- oder Gruppentherapie.

Jacky und ich sind wie aus einem Ei. Wir sind belastet… und doch nach außen hin so verdammt fröhlich, dass ich mich frage, wie das zueinander passt. Wenn ich Jacky ansehe, habe ich das Gefühl, endlich zu sehen, was andere an mir betrachten: Eine perfekt aufgebaute Fassade. Und doch ist diese Fassade nicht komplett fake, ein Teil von uns beiden ist so: Wir *sind* fröhlich. Wir genießen das Leben.

Der Klinikaufenthalt ist die beste Entscheidung, die ich je getroffen habe. Und ein ganz großer Teil davon geht auf Jackys Konto. Selbst als sie in meiner letzten Aufenthaltswoche nicht mehr da ist, da sie ja eher angefangen und dieselbe Aufenthaltslänge hat, verbringe ich die Abende nach meinem Kliniktag mit ihr.

157

Schließlich bricht meine letzte Aufenthaltswoche an, in der ich nur noch zwei richtige Tage habe. Am Mittwoch habe ich nur noch mein abschließendes Therapeutengespräch und werde entlassen. Da ich montags nur wenige Termine habe und Jacky auch eine Morgenschicht hat, bin ich bereits nach dem Mittagessen bei ihr. Wir gehen eine ganze Weile spazieren, spielen Spiele, Jacky erzählt mir viel von ihrem Ausbildungsalltag, da sie sich sehr darüber freut, wieder arbeiten zu gehen. Und schließlich machen wir wieder einen Wein auf.

„Wie geht es dir jetzt eigentlich?", fragt Jacky, während sie an ihrem Glas nippt. „Therapie ist fast vorbei – komisches Gefühl, oder?"

Ich nicke kräftig. „Super merkwürdig", meine ich. „Und irgendwie ähnlich beängstigend wie damals, als ich erstmal angefangen habe. Aber irgendwie war das Zeitgefühl in der Klinik auch so vollkommen anders. Weißt du, was ich meine? Irgendwie frage ich mich, was ich die letzten fünf Wochen gemacht habe und gleichzeitig waren sie in einem Wimpernschlag um. Wir kennen uns gerade Mal einen Monat, ist dir das klar?"

„Fühlt sich anders an", stimmt Jacky mir zu. „Und keine Sorge, den Bammel vorm Therapieende hat garantiert jeder. Ich fand die Vorstellung, jetzt einfach zu hundert Prozent in den Alltag zurückzukehren, auch sowas von merkwürdig, aber am Ende war das so viel einfacher, als ich es mir ausgemalt hatte."

„Ich freue mich ja irgendwo auch", sage ich. „Ich meine, ich habe jetzt sowieso noch bis Ende des Monats frei. Ich muss nur noch eine Hausarbeit fertig schreiben, von der ihr mich irgendwie abgelenkt habt." Ich zwinkere kurz. „Aber von daher sollte mein Wiedereinstieg in den Alltag recht einfach sein. Das Gefühl ist trotzdem… merkwürdig, mir fällt einfach kein anderes Wort ein."

„Versteh ich total", sagt Jacky und tätschelt kurz ermutigend meine Schulter.

Ich nippe erneut an meinem Wein. „Ich meine, es fühlt sich ja insgesamt komisch an. Auch wegen der Zeit. Es vergeht immer mehr und in letzter Zeit habe ich kaum mehr an Benno gedacht und er war ja sonst… dauerpräsent. Deshalb verschwimmt alles so ein wenig, weißt du? Ich meine, es ist ja jetzt…" Ich unterbreche mich selbst und richte mich kerzengerade auf. Jacky schaut überrascht: „Was ist los?", fragt sie.

„Welches… welches Datum haben wir?", erwidere ich leise.

Jacky wirft einen Blick auf ihr Handy. „Dreizehnter Februar", antwortet sie dann und schüttelt verwirrt den Kopf. „Weshalb?"

„Ich hab's vergessen." Meine Stimme ist nur ein Hauchen. Unglaube und Freude zugleich. Dann wende ich mich wieder Jacky zu und reagiere auf ihr fragendes Gesicht: „Es ist sechs Monate her – auf den Tag genau. Und zum allerersten Mal… habe ich diesen Tag einfach vergessen."

„Wie geht es Ihnen heute?", fragt Frau Böker am Mittwochmorgen mit einem Lächeln, welches ich nur erwidern kann. „Gut", antworte ich aufrichtig. „Ich bin etwas nervös, aber das ist gutes nervös, verstehen Sie?"

„Wegen der Entlassung?"

Ich nicke.

„Sie haben meiner Ansicht nach hier eine starke Entwicklung gemacht", meint Frau Böker. „Als Sie hier angekommen sind, wirkten Sie rastlos, jetzt scheint es, als hätten Sie Ruhe gefunden. Wie empfinden Sie das?"

Ich nicke erneut. „Ja, das trifft es gut. In meinem Kopf ist es viel stiller geworden. Als wäre ich... darin wieder allein."

„Sehen Sie Benno, also den falschen, noch?"

Ich halte kurz inne und denke nach. Wann war er zuletzt so wirklich bei mir? „Schon noch, ja", antworte ich schließlich. „Aber so viel seltener... und wenn er da ist, dann ist er nur wie ein kleiner Schatten. Er ist so viel leiser jetzt, dass ich gar nicht wirklich weiß, wann er zuletzt da war."

„Hm", macht Frau Böker und ich übersehe nicht ihr kleines zufriedenes Schmunzeln. „Und nun, Frau Heil, wie geht es für Sie weiter? Was wollen Sie aus dem Aufenthalt hier mitnehmen?"

„Ich will möglichst viel in meinen Alltag integrieren", antworte ich ehrlich. „Yoga und Entspannungstraining vor allem. Ich hab schon mal auf Spotify und YouTube quergeguckt und dazu gibt es so viele Dinge, die man auch zuhause einfach machen kann. Ich meine, ich weiß nicht, wie schnell sich das im Alltag verliert, aber mein Vorsatz ist auf jeden Fall da. Ich hab einfach viel zu sehr gemerkt, wie gut mir so eine kleine Entspannungseinheit für den ganzen Tag tut, um jetzt einfach damit aufzuhören."

Wieder lächelt Frau Böker. „Das sind gute Vorsätze", lobt sie. „Wie sieht es mit der Kunst aus? Oder mit Tanz?"

„Kunst habe ich schon vorher entdeckt und Kunst wird bleiben", erwidere ich prompt. „Und Tanz... ja, das sollte ich auch integrieren. Vielleicht sollte ich jeden Morgen nach dem Aufstehen ein Gute-Laune-Lied anmachen und mich wach tanzen." Ich lächle bei dem Gedanken an die Idee.

„Und Frau Spechts Seminar – nehmen Sie daraus auch etwas mit?"

„Jede Menge", antworte ich vollkommen ehrlich. „Ihre Vorträge waren allesamt genial. Ich hab mir von ihr auch noch Handouts zu den Themen mitgeben lassen, die ich nicht mehr mitkriege, weil ich alles mitnehmen will, was geht."

„Das klingt, als hätten Sie sich einen wirklich guten Plan gemacht", meint Frau Böker anerkennend.

Ich nicke erneut. Ja, das habe ich wohl. Ich bin fünf Wochen lang in perfekter Begleitung gewesen. Ich habe nicht einen Therapeuten gehabt, den ich überhaupt nicht leiden konnte und jetzt fühle mich bereiter, allein meinen Weg zu beschreiten, als jemals zuvor. Ich lasse dich los und das Gewicht, das dabei von meinen Schultern purzelt,

wiegt Tonnen. Ich bin noch immer nicht angekommen...
aber ich bin auf dem Weg.

„Haben Sie noch Fragen an mich, Frau Heil?"

Diesmal schüttele ich den Kopf.

„Dann kann ich Sie wohl guten Gewissens so entlassen."

Ich nicke lächelnd. Ja. Deinetwegen kam ich hierher. Und meinetwegen werde ich nun gehen. Ich bin mutiger und stärker, als du jemals sein wirst. Du bist so gut wie unsichtbar für mich geworden, Benno. Ich werde gehen und frei sein und das... ist allein mein Verdienst.

## *Kapitel 18*

Am Freitag schmeißt Luis' WG mal wieder eine Party und natürlich bin ich auch eingeladen. Ich habe gerade eine halboffene Flechtfrisur beendet und bin bereit zu gehen, aber mein Blick bleibt am Spiegel hängen. Ich sehe hinein und fühle mich... frei. Vollauf zufrieden, man könnte schon beinahe sagen... glücklich. Ich sehe mich an und lächle und als ich mein Lächeln sehe, wird es sofort noch breiter, weil es verdammt nochmal so wunderschön aussieht. *Ich* sehe wunderschön aus. Ich weiß nicht, wann ich das zuletzt gemacht habe. Wann ich zuletzt in einen Spiegel gesehen und mich einfach nur schön gefunden habe. Ich liebe meine Pupillen, die immer den größten Teil meiner Iris überdecken. Ich liebe die kurzen Strähnen, die mein Gesicht wie einen Rahmen umgeben. Ich liebe diesen einen etwas zu spitz geratenen Schneidezahn oben links, den man beim Lächeln so schön sehen kann und der mich etwas wie einen Halb-Vampir aussehen lässt. Und ich liebe auch die dazu passende Blässe meiner Haut. Ich weiß nicht, wann mein Blick zuletzt so unbarmherzig an mir selbst hängen geblieben ist. Aber ich erinnere mich noch sehr gut an das erste Mal, dass du mich dabei beobachtet hast.

Ich war gerade eingezogen, der Korb voller Lebensmittel, den meine Mutter für mich gepackt hatte, stand vor mir und ich kniete mich auf den Boden, um mich ans Auspacken zu machen, blieb aber irgendwie in der Bewegung stehen, weil mich die Fülle an unterschiedlichen Lebensmitteln leicht überforderte. Du standest in meiner Tür und unterhieltest dich mit mir. Du wolltest schließlich ein wenig ein Gefühl für die Person bekommen, die gerade zu deiner Mitbewohnerin geworden war. Das war meiner Produktivität natürlich nicht zuträglich. Dabei hockte ich auf dem Boden vor meinem Spiegel und wenn ich mich irgendwo spiegeln konnte, hatte ich die – möglicherweise leicht narzisstische – Angewohnheit, nicht wirklich gut von mir wegsehen zu können. Sprich *wir* unterhielten uns, aber ich sah nur mich an. „Du packst eh nicht mehr wirklich aus, oder?", meintest du nach mehr als einer halben Stunde. „Dann könnten wir uns nämlich auch ins Wohnzimmer setzen, vielleicht hörst du dann auf, dich anzustarren."

Ich lachte auf. „Ja. Tschuldige, ist irgendwie schwer den Blick von mir zu lösen, wenn ich mich erstmal im Visier habe."

„Das klingt zum Glück gar nicht selbstverliebt", meintest du mit einem Zwinkern, während ich aufstand und dir ins Wohnzimmer folgte, wo wir uns aufs Sofa fallen ließen. Wir redeten an diesem Tag noch fünf Stunden lang. Bis ich endgültig übermüdet war und entschied, dass ich mich hinlegen müsse, um am nächsten Tag endlich zu Ende auszupacken. Ich habe nicht mehr den Hauch einer Ahnung, worüber wir so lange reden konnten. Fakt ist nur, dass die vergangene Zeit sich eher wie Sekunden statt wie Stunden anfühlte…

Ich schüttele den Kopf und sehe wieder auf zu meinem Spiegelbild. Betrübnis hat sich über meinen Blick gelegt, die ich mit einer weiteren energischen Kopfbewegung vertreibe. Ja, Gedanken an dich tauchen noch immer auf. Aber sie beiseitezuwischen und mich stattdessen auf das Hier und Jetzt zu konzentrieren ist heute so viel einfacher. „Du bist wunderschön", flüstere ich mir selbst zu. „Damals wie heute. Und so endlos stark." Ich lege den Kopf leicht schief, es scheint fast, als würde ich tatsächlich eine Antwort von meinem Spiegelbild erwarten. „Hab dich lieb", wispere ich dann und verlasse schließlich doch meine Wohnung.

Die Stimmung ist ähnlich ausgelassen wie an Silvester – was für mich auch irgendwie die letzte richtige Party vor dieser gewesen ist. Obwohl ich recht entspannt gestaltete Kliniktage und immer ein freies Wochenende hatte, hatte mich der Aufenthalt doch mehr in Anspruch genommen, als ich ursprünglich annahm. Natürlich hatte ich viel Zeit mit Jacky verbracht, aber eben auch viel Zeit zuhause… und viel Zeit allein. Und zwar wirklich allein, weil dein Geist sich seit unserem imaginären Gespräch, seit der Stuhl-Übung, kaum mehr hatte blicken lassen. Es fühlt sich fast an, als hätte mein Leben eine 180° Wende gemacht. Ich muss nicht mehr auf Partys fliehen, um den Lärm in meinem Kopf zu übertönen, denn in mir drin ist es tatsächlich mal ruhig. Ich habe endlich die Chance, weiter in Stille an mir zu arbeiten, weil ich allein in meinem Kopf bin... ich hatte fast vergessen, wie das ist.

Luis und Justin kommen auf mich zu und packen jeweils einen meiner Arme. „Was wird das?", frage ich lachend. „Du kommst mit nach draußen", erklärt Luis. „Flunky Ball." Ich stemme mich spielerisch gegen den Griff der Jungs. „Draußen ist es kalt", murre ich dabei. „Du kommst mit", insistiert Justin. „Haben wir schon entschieden." Ich lache erneut und stemme meine Füße in den Boden, aber meine Schuhsohlen sind rutschig genug, damit Luis und Justin mich einfach hinter sich her durch den Hausflur ziehen können. „Schon gut!", sage ich schließlich, befreie lachend meine Arme und lasse mir von Luis ein Bier in die Hand drücken. „Danke."

„Füllen wir dich jetzt ab?", fragt Justin und legt im Laufen den Arm um meine Schulter. Ich nicke energisch. „Ja!", antworte ich dabei übertrieben. „Und das finde ich auch ganz schlimm, geht gar nicht!"

Justin grinst bloß und zieht mich draußen hinter sich her, damit ich in seinem Team bin. In jeder Reihe haben sich fünf Spieler gefunden und ich stehe Luis gegenüber, der herausfordernd grinst. Ich stelle mein Bier vor mir ab und nehme den Ball entgegen, den Justin mir hinhält. Es ist eine Nacht im Februar und dementsprechend kalt, aber das ist mir egal. Gerade zählen nur ich... und meine Freunde. Ich werfe den Ball und noch bevor ich weiß, ob ich die

Flasche in der Mitte treffe oder nicht, glaube ich, kaum glücklicher werden zu können als in diesem Moment.

Von diesem Moment an wird mein Leben ruhiger. Ich gehe noch immer auf Partys, am darauffolgenden Wochenende sind Justin, Kathi, Luis und ich zum Beispiel auch Mal wieder im Club. Aber das Verhältnis zwischen Zeit zuhause und auf Feiern wird deutlich ausgewogener. Wie ich es mit Frau Böker abgesprochen habe, ziehe ich es durch, jeden Morgen als erstes zu einem Gute-Laune-Song zu tanzen. Und zwar anders als im Club, vollkommen unbeobachtet und frei. Außerdem setze ich mich immer noch mit meiner Persönlichkeitsentwicklung auseinander, indem ich mir jeden Tag einen Teil von Frau Spechts Handouts vornehme. Ich arbeite an mir und das fühlt sich besser an als alles, was ich jemals davor getan habe.

Noch bevor das neue Semester wieder anfängt, werde ich von meinem alten Tischtennisverein in Bochum kontaktiert und gefragt, ob ich nicht bei einem Freundschaftsspiel gegen einen anderen Verein der Stadt aushelfen könnte, da die Damen zu schwach vertreten wären. Fröhlich über die Chance, mich in dem zu beweisen, was mein absolutes Fachgebiet ist, sage ich zu.

Bochum fühlt sich immer noch merkwürdig an. Seit Weihnachten war ich nicht mehr hier und das ist inzwischen schon fast drei Monate her. Unser siebter Stichtag liegt eine Woche zurück und auch dieser ist an mir vorbeigeplätschert wie der sechste. Dennoch spüre ich natürlich, dass es mich jetzt, da ich unsere Stadt wieder betrete, wieder stärker aufwühlt. Doch diesmal bin ich klüger und weiter. Ich lasse mich nicht darauf ein. Ich sehe einen blonden Mann beim Hauptbahnhof und sehe weg, seine Kleidung entspricht nicht deinem Stil und seine Haare sind etwas zu hell. Ich sehe an der Bahnstation einen Typen mit Cargo-Hose und sehe weg – er hat nicht Mal deine Frisur. Dieses Mal muss ich die Menschen nicht ewig mustern, um zu verstehen, dass sie nicht du sind. Ich sage mir immer wieder, dass ich dich sofort erkennen würde, wenn es wirklich du wärest und so fällt es mir deutlich leichter, wegzuschauen. Ich konzentriere mich auf meinen Atem und halte meinen Herzschlag dadurch konstant ruhig. Zuhause angekommen bin ich stolz auf mich. Ich bin in Bochum. Der Heimat *meiner* Kindheit. Und nicht in der Stadt, die du mir weggenommen hast.

Am Sonntag, den 26.03. ist vormittags mein Spiel. Da das endlich mal wieder ein Spiel in ihrer Nähe ist, kommen meine Eltern auch in die Halle zum Zusehen. Die Damen-Mannschaft meines Vereins gewinnt, weshalb ich eine neue Medaille als Souvenir mit nach Hause nehmen kann. Mal wieder mit meinen alten Teamkameraden zu spielen, fühlt sich großartig an. Beinahe ist es, als hätte ich nie wie ein feiges Huhn fliehen müssen. Als würde ich noch immer, zumindest zum Teil, auch in diese Stadt gehören. Und zwar wegen anderen Dingen als nur wegen dir. Wegen meinem alten Verein, meinem Sport, meinen Freunden. Aber ein anderer Teil, und das spüre ich jetzt, an

168

diesem Tag in Bochum, wirklich deutlich, gehört definitiv nach Bielefeld. Denn wenn ich in Bochum bin, vermisse ich etwas oder... jemanden.

Am Nachmittag desselben Tages steige ich wieder in die Stadtbahn Richtung Hauptbahnhof und bin fest entschlossen: Ich fahre zurück nach Bielefeld und sobald ich angekommen bin, werde ich mit Luis reden. Meine Gedanken sind vollkommen klar und so darauf fixiert, dass ich kaum mehr dazu komme, meinen Blick in der Bahn umherschweifen zu lassen. Ich steige beim Hauptbahnhof aus und sehe aus dem Augenwinkel jemanden am Gleis auf eine andere Bahn warten. *Er ist es nicht,* spuckt mein Kopf sofort den Gedanken aus, an den er sich gewöhnt hat. Und doch... dunkelblondes Haar, dunkle Schuhe, dunkler Rucksack, Cargo-Hose. Der Blick des Mannes begegnet meinem. Eine Sekunde, die sich wie zehn Minuten anfühlt, bleibe ich wie angewurzelt stehen. Keiner von uns senkt den Blick. „Fuck", forme ich mit meinen Lippen. Dann stürme ich los, geradewegs auf dich zu.

## Kapitel 19

„Hi", sage ich, als ich dir gegenüberstehe. *Hi.* Was Besseres fällt mir wohl nicht ein. Mein Herz schlägt mir bis zum Hals. Du bist hier. Du bist tatsächlich und wahrhaftig hier. Das Timing könnte nicht besser und gleichzeitig beschissener sein. Heute fühle ich mich bereit, dich zu sehen, weil ich endlich angefangen habe, dich loszulassen. Und gleichzeitig hätte es keinen schlimmeren Tag geben können, denn... ich habe endlich begonnen, dich loszulassen.

„Hey", antwortest du. Du klingst ruhig... gefasst. Und ich kann nicht sagen, was in deinem Blick liegt.

„Können wir reden?", frage ich.

Du seufzt kurz. Siehst mir dann in die Augen: „Muss das sein?"

Ich unterdrücke ein Schnauben. *Weißt du überhaupt, was zur Hölle du mir angetan hast?!,* denke ich und bleibe doch ruhig... und sachlich: „Ja." Es klingt fest und doch bringe ich nur diese eine Silbe heraus.

Du seufzt erneut und deine Stimme scheint die nächsten zwei Worte kaum herausbringen zu wollen: „Na schön."

Ich schlucke, sortiere meinen Kopf. Wie bin ich in diese Situation geraten? Dann erinnere ich mich daran, dass das hier alles ist, was ich die letzten sieben Monate lang wollte: Eine Aussprache. Einfach nur eine Aussprache.

„Kannst du…", fange ich schließlich an. „Kannst du mir erklären, was passiert ist?"

Du schüttelst den Kopf, vermeidest den Blick in meine Augen. „Ich weiß nicht."

„Benno, ich erinnere mich nicht mehr so wirklich", erkläre ich, obwohl es von meiner Seite her nichts zu erklären geben sollte. „Hast du… ich meine, war das… war das ein Mordversuch?"

Einen Moment lang siehst du mich schweigend an, die Augen aufgerissen, als wolltest du stumm fragen: *Hast du den Verstand verloren?*

„Ich kann es nicht einordnen", insistiere ich also mit vollkommen gefasster Stimme.

„Nein", antwortest du endlich ebenso fest. Es klingt, als wärst du schockiert darüber, dass ich das überhaupt annehmen kann. Aber weshalb? Du bist doch derjenige, der danach ‚*Ich hatte gerade den Impuls, dich umzubringen*' geweint hat. Also woher sollte ich schon wissen, was wirklich deine Intention war? Ich habe mir nur immer wieder gesagt, dass es ein Unfall war. Ein Unfall. Ein Unfall und nichts weiter. Aber ich *kenne* die Wahrheit doch schließlich nicht! Ich habe kaum mehr Erinnerungen an die Situation, weil mein Gedächtnis sie famos verdrängt. Aber ich habe Erinnerungen an das Geräusch, dass das Messer machte, als es auf die Küchenfliesen traf. Und an deine Stimme, die das Wort „umbringen" in den Mund nahm. Und jetzt denke ich nur noch: *Danke. Du hättest mir so viel erspart, wenn du mir das einfach schon vor Monaten erklärt hättest.*

„Was machst du eigentlich hier?", fragst du und beendest damit meinen Gedankenstrom.

„Ich muss in den Zug nach Bielefeld, den ich gerade verpasse."

Du ziehst die Augenbrauen hoch. „Bielefeld?"

Natürlich. Das weißt du gar nicht. „Ich bin umgezogen", antworte ich. „Oder dachtest du, ich bleibe in der Wohnung, in der jemand versucht hat, mich umzubringen?"

Ich warte deine Reaktion darauf nicht ab, aber in deinen Augen glänzt etwas und ich glaube es ist... Reue. Ich muss den Blick senken und lege vorsichtig eine Hand auf meine Brust. Wieso nur will mein Herz nicht aufhören, wie verrückt zu pumpen?

Dann ergreife ich erneut das Wort: „Ich bin es einfach so satt, Angst zu haben."

„Kann ich verstehen", murmelst du.

*Das ist zu wenig,* will ich sagen, behalte es aber für mich. „Wieso konntest du nicht reagieren?", frage ich stattdessen.

„Ich konnte einfach nicht mehr."

*Das ist nicht genug.* Ich sage nichts und doch sind meine Gedanken brüllend laut. *Das ist noch immer nicht genug!*

„Ich wollte ja auch gar nicht wieder Kontakt zu dir, ich wollte mich nur *aussprechen.*"

„Aber es ging nicht mehr", insistierst du eine Antwort, die keine Erklärung, sondern einfach nur Feigheit ist.

*Schwach,* denke ich. *Ich habe es die ganze Zeit gewusst.* Meine nächsten Worte werden von einem kleinen Auflachen begleitet, das vor Sarkasmus nur so trieft: „Das Ironische ist, dass *du* eine Wahl hattest." Ich zuckte mit den Schultern. „Und ich nicht."

Mein Herz zieht erneut meine Aufmerksamkeit auf sich und ich beginne vorsichtig, mit der Hand auf meiner Brust Kreise zu ziehen, in der Hoffnung, es würde wie eine kleine beruhigende Massage wirken. „Und du hast dein Leben ganz normal weiter gelebt in den letzten Monaten?", frage ich währenddessen weiter.

Du senkst leicht den Blick, nickst aber: „So gut es eben ging. Ja."

*So gut es eben ging,* wiederhole ich in meinem Kopf. *Also immerhin doch auch zumindest etwas belastet. Gut so.*

Ich schnaube leicht. „Währenddessen musste ich fünf Wochen in die Psychiatrie. Klasse, oder?"

Ich mustere dich genau. Ich will kein bisschen von deiner Reaktion verpassen. Du sagst nichts. Aber dein Gesicht… es sind vor allem deine Augen, die sprechen. Sie haben diesen Ausdruck schon angenommen, als ich dich fragte, ob du mich umbringen wolltest. Es wirkt, als würde dein Gesicht fallen. Als würdest du hinter die Hölle blicken, die du mich hast durchleben lassen. Es wirkt schmerzerfüllt und aufrichtig. Du sagst nichts. Aber du stehst vor mir und bist ein echter Mensch. Das Adrenalin in mir pumpt wie an jenem Tag im August, an dem wir uns zum letzten Mal sahen. Mein ganzer Körper zittert, aber ich ignoriere es.

Ich lasse mir genug Zeit, um darüber nachzudenken, was ich noch sagen oder fragen möchte... ich will diese Gelegenheit nicht verpassen. Mich auffangen und entspannen kann ich noch später, wenn ich im nächsten Zug sitze.

„Ich bin ganz gut rausgekommen", murmele ich schließlich nach mehreren Minuten Stille. Dabei habe ich das Gefühl, ich sage das mehr zu mir selbst als zu dir, weil ich dich dabei nicht einmal ansehe. Als ich schließlich wieder den Blick hebe, erzähle ich alles Mögliche. Ich erzähle von meinem Klinik-Aufenthalt und in einem Impuls schlage ich dir dabei spielerisch gegen die Schulter: „Fünf Wochen chillen auf Kosten der Krankenkasse wegen einer posttraumatischen Belastungsstörung. Danke dafür!" Ich lasse zu, dass das Adrenalin mich auf Small-Talk Wege führt. Es ist okay so. Es ist fast ein wenig wie früher.

„Gut, dass ich später, wenn das Adrenalin nicht mehr pumpt, in Bielefeld bin", meine ich schließlich und lege meine Hand erneut auf meine Brust. „Ich kann mich einfach bei meinen Freunden einnisten. Die werden einen Spaß mit mir haben."

„Kannst du nicht einfach so tun, als wärest du mir nicht begegnet?"

Ich machte ein kurzes Geräusch, das einer Mischung aus Schnauben und Lachen gleicht. „Ne", sage ich dann. „Es mag dich überraschen, aber anders als du konnte ich auch nie einfach so tun, als hättest du mich nie berührt und mir nie das hier verpasst." Ich strecke dir mein Handgelenk entgegen und beobachte erneut diesen Ausdruck in deinen Augen, der dein Gesicht für den Bruchteil einer Sekunde fallen lässt. Du wirkst verletzlich... ich kann es nicht anders sagen. Und so erzähle ich dir schließlich auch von den ganz extremen Anfängen damals: Von meinem zehntägigen Hungerstreik, von meinem Übergeben an jedem Morgen nach vollkommen schlaflosen Nächten. Auch in diesem Moment fällt dein Gesicht. Meine ganz persönliche Deutung von diesem Ausdruck ist, dass du begreifst. Du begreifst, was du mir eigentlich zugemutet hast. Du begreifst das Ausmaß der Hölle, durch die ich hatte gehen müssen, um jetzt – genauso, wie ich in diesem Moment bin – vor dir stehen zu können. Und das, obwohl ich deinen Geist nicht ein einziges Mal erwähne.

„Wie ist denn Bielefeld ansonsten so?", lenkst du unser Gespräch vorsichtig wieder in eine andere Richtung.

„Gut", sage ich. „Ich hab so viele liebe Menschen kennengelernt und bin quasi mehr feiern, als gesund ist." Ich lächle leicht und wenn ich mich nicht vertue, tust du das sogar auch. „Ich hab generell so viel Neues dazu gewonnen. Joggen zum Beispiel."

„Du joggst?", wiederholst du. „Und, willst du das beibehalten?"

Ich nicke. „Ja. Ja, ich jogge. Verrückt, ich weiß." Schließlich schlucke ich. Während des letzten Wortwechsels habe ich dich nicht mehr angesehen. Ich habe nichts mehr, was ich dir an den Kopf werfen will. „Ich fände es einfach schön…", fahre ich dann mit veränderter Tonlage fort, „wenn wir uns ganz normal grüßen können, wenn wir uns begegnen. In dieser Stadt ist immer noch mein Elternhaus und da kann es immer wieder passieren, dass wir uns begegnen. Wenn wir das abmachen, kann ich vielleicht endlich aufhören, am laufenden Band mit Angst hier unterwegs zu sein."

„Das fände ich schön", sagst du leise. Du klingst wirklich aufrichtig.

Ich nicke still vor mich hin. Es kehrt erneut ein Moment der Ruhe ein. „Okay", wispere ich dann.

„Okay?", wiederholst du mit einem Schmunzeln. „Du bist aber eine schlechte Deutsche. Das heißt ‚So'."

Ich lächle vorsichtig. Es fühlt sich echt an mit dir. Es fühlt sich wie ein Zuhause an, von dem ich vergessen habe, dass ich es hatte. „So", sage ich und schlage mir bewusst theatralisch auf die Oberschenkel. Es tut gut, dich so zu sehen… irgendwie aufgetaut. Als hätte meine – durch das Adrenalin produzierte – überschwängliche Laune endlich etwas abgefärbt. Eine Frage habe ich schließlich doch noch, die sich langsam aus mir herauslöst: „Kann ich dich umarmen?"

„Wenn du das möchtest."

Ich nicke und schlüpfe in eine erwiderte Umarmung, in der ich so lange bleibe, wie ich es für sowohl nötig als auch noch angemessen halte. Ich fühle mich sicher in deinen Armen. Mein Körper kennt sie so unglaublich gut. Und doch ist diese Sicherheit anders als die, die ich zuletzt durch meinen Klinikaufenthalt und durch mich selbst kennengelernt habe. Ich bin froh, dass du mich entscheiden lässt, wann ich die Umarmung beende. In deinen Armen ist es, als würde ich ein letztes Mal zu dem Kind zurückkehren, dass ich damals – mit dir – war. Hilfsbedürftig, naiv und schwach. Ich erlaube mir, ein letztes Mal zu spüren, wie sehr dieses Kind dich brauchte. „Und tu das nie wieder", murmele ich in dein Ohr.

„Nie wieder", antwortest du. „Versprochen."

Dann nehme ich das Kind in mir zurück. Ich erinnere mich daran, dass ich jetzt so viel erwachsener, reifer und stärker bin und löse mich von dir. Du stehst mir gegenüber. Der Mann, den ich schon seit so langer Zeit liebe. Aber meine Gefühle sind jetzt anders. Ein Teil in mir liebt dich und wird vermutlich nie damit aufhören. Nämlich der Teil, der so hilfsbedürftig und schwach ist. Der Teil, der gerade eine letzte Umarmung von dir genießen durfte. Und doch nehme ich diesen Teil jetzt zurück. Ich bin jetzt anders. Und ich – die Starke, die Selbstbewusste, die, die ihren Weg geht... Ich liebe dich nicht mehr. „Dann gehe ich jetzt zum Zug", flüstere ich.

„Mach das", sagst du. Ich wende mich ab, ohne mich erneut umzudrehen. Es kostet mich Kraft und doch fühlt es sich leicht an, weil ich weiß, dass es richtig ist. „Mach's gut!", rufst du mir noch nach und dann lasse ich dich hinter mir. Und diesmal vielleicht wirklich.

# *Kapitel 20*

Die erste Person, der ich vom Zug aus schreibe, ist Jacky: „Ich hab Benno getroffen."

Sie schickt ein Fragezeichen und ein Ausrufezeichen zurück.

„Bin jetzt im Zug. Wenn du Zeit hast, würde ich direkt danach zu dir kommen."

„Auf jeden Fall", kommt prompt die Antwort und so sitze ich wenige Stunden später in Jackys Wohnung und sie schiebt mir eine Tasse Kaffee zu. „Erzähl", sagt sie. „Was ist passiert?"

„Nicht viel", antworte ich. „Ich bin ihm halt zufällig beim Hauptbahnhof begegnet und hab ihn quasi festgenagelt. Wir haben… uns ganz normal unterhalten." Ich nippe an meinem Kaffee und denke nach. Die ganze Zugfahrt über war es mir gut gegangen. Irgendwie hatte ich erwartet, dass es noch einmal richtig weh tun würde, sobald das Adrenalin aufhörte zu pumpen, aber diese Reaktion war ausgeblieben. „Irgendwie", sage ich schließlich. „Habe ich erwartet, ich würde jetzt Gesellschaft brauchen, weil es mir nicht gut gehen würde. Aber das ist gar nicht so. Es geht mir gut. Es geht mir sogar verdammt gut damit."

„Man, Car", haucht Jacky. „Wieso bist du eigentlich so stark? Das ist unfair."

Ich lache auf. „Naja", meine ich. „Ich fürchte, das habe ich nicht einfach geschenkt bekommen."

Jacky schüttelt bloß ungläubig den Kopf. „Jedenfalls… hätte ich mich das nie im Leben einfach getraut. Du siehst diesen Typen, der dir das angetan hat und steuerst einfach auf ihn zu und nagelst ihn fest. Wie hast du das bitte gemacht?"

Ich kann bloß mit den Schultern zucken. „Ich weiß nicht… ich… in der Situation konnte ich überhaupt nicht anders, verstehst du? Einfach weiterzugehen war keine Option."

„Wie hat er denn reagiert?"

„Erstmal… genervt", erwidere ich. „Aber schließlich hat er doch mit mir geredet." Ich seufze. „Er ist so ein Idiot, weißt du? Wenn wir dieses Gespräch vor ein paar Monaten gehabt hätten, wäre mir so viel erspart geblieben." Ich bin davon überzeugt, dass dein Geist mich niemals in der Intensität hätte verfolgen können, wie er es getan hat. Diese Macht hatte er nur, weil du mich in der Ungewissheit hattest versauern lassen.

„Irgendwie habe ich geglaubt, diese Begegnung würde meinen Kopf erstmal wieder kaputt machen", fahre ich erneut fort, als Jacky nichts antwortet. „Aber das ist gar nicht der Fall. Wenn es irgendwie möglich ist, bin ich sogar noch entschlossener."

„Entschlossener in Bezug auf was?", fragt Jacky.

„Luis", antworte ich, woraufhin sie zu grinsen beginnt, als wären wir noch Teenager, die über ihre ersten Schwärme sprachen. „Als du Benno gesehen hast…", sagt sie. „Ist dir aufgefallen, dass du ihn nicht mehr liebst?"

Ich stocke kurz, bevor ich eine Antwort formuliere. „Er ist nicht mehr der erste in meinem Kopf", sage ich dann. „Ich konnte heute für eine Sekunde zurückkehren und das war wunderschön, aber ich wollte nicht bleiben. Ich wollte gehen und in die Zukunft statt in die Vergangenheit blicken, auch wenn das jetzt total schnulzig klingt. Und wenn es um meine Zukunft geht, sehe ich eigentlich nur noch ein Gesicht." Ein Gesicht. Und es ist nicht deins.

„Man, du hast nicht den Hauch einer Ahnung, wie sehr ich mich für dich freue und wie verdammt stolz ich auf dich bin", meint Jacky.

Ich sehe ihr in die Augen und beginne zu lächeln. „Danke", flüstere ich. „Und du hast keine Ahnung, wie froh ich bin, dich kennengelernt zu haben." Jacky macht mich so verdammt glücklich, dass es fast schon wieder zum Heulen ist. *Mein Leben* macht mich so glücklich. Ich trinke meinen Kaffee aus und dann springe ich auf. Der Tag ist inzwischen schon ziemlich fortgeschritten und ich kann es kaum mehr erwarten, Luis zu Gesicht zu bekommen.

21 Uhr und ich klingele bei seiner WG, ohne mich vorher per WhatsApp anzukündigen. Kathi macht auf und sieht mich überrascht an. „Hey", sagt sie fröhlich. „Falls du mit Luis verabredet bist, hat er die Klingel wohl überhört." Sie tritt zur Seite, um mich reinzulassen. „Verabredet nicht", entgegne ich. „Aber zu ihm will ich trotzdem. Er ist da?"

Kathi nickt: „In seinem Zimmer, wenn mich nicht alles täuscht."

„Danke", sage ich und klopfe an Luis' Zimmertür. „Ja?", höre ich es dumpf durch die Tür, drücke die Klinke herunter und trete langsam ein. „Hey", begrüße ich ihn.

Luis sitzt auf seinem Bett und legt seinen Controller zur Seite, als er mich sieht. „Hey", erwidert er, wobei sich ein überraschtes Lächeln auf seinem Gesicht ausbreitet. „Was machst du denn hier?"

„Ich bin vorhin aus Bochum wiedergekommen", setze ich an, während Luis auf die Matratze klopft, um mich zum Setzen aufzufordern. Ich hocke mich auf die Bettkante, sodass ich ihm weiterhin ins Gesicht sehen kann. „Drei Mal darfst du raten, wem ich dort begegnet bin."

Luis' Augen weiten sich. „Du bist Benno begegnet? Heute, ehrlich? Wie war's? Geht es dir gut?"

Ich lächle. „Ja, keine Sorge. Deswegen bin ich eigentlich auch gar nicht hier. Ich hatte mir schon vorgenommen, direkt zu dir zu kommen, als ich ihm noch nicht begegnet war. Das hat die Sache dann einfach nur… verzögert."

Luis legt den Kopf schief und sieht mich geduldig an. „Und du bist hier, weil…?"

„Weil…", ich lasse kurz den Kopf in den Nacken fallen, sehe ihm dann wieder in die Augen und setze erneut an: „Weil es nicht mehr Benno ist."

Luis blinzelt kurz, dann rückt er ein Stück näher. „Wir sollten vielleicht trotzdem nichts überstürzen", sage ich und spüre, dass meine Stimme bereits nur ein Hauchen ist.

Luis nickt ganz leicht und langsam. Noch immer kommt er mir näher – Stück für Stück. Mein Herz pocht so laut, dass ich es in meinen Ohren pulsieren spüren kann. Dann küsst er mich und ich schmelze. Dieses Mal bremst uns niemand. Ich schlinge meine Arme um seinen Hals und klettere auf seinen Schoß. Ihn zu küssen, ist das größte Feuerwerk, das ich je miterleben durfte. Zum ersten Mal seit über einem halben Jahr küsse ich jemanden und mein Herz schreit nur einen Namen. Seinen Namen. Luis.

Schließlich ist es doch er, der sich ein Stück zurückzieht und mich schelmisch angrinst. „Nichts überstürzen, hm?"

Ich lache und lasse meine Stirn gegen seine sinken. „Ja", murmele ich. „Nicht meine Stärke."

„Nicht schlimm", antwortet Luis mit einem Lächeln, das mich erneut zum Schmelzen bringt. Ich muss die glücklichste Person der Welt sein.

„Schläfst du heute hier?", fragt er schließlich flüsternd. „Also wirklich nur schlafen."

Die Schmetterlinge in meinem Magen spielen vollkommen verrückt und ich nicke. Ich klettere von seinem Schoß und wir schlingen auf der Seite liegend die Arme umeinander. Ich küsse ihn erneut. Und erneut. „Ich hör nie wieder damit auf, okay?", wispere ich.

„Aber ich will irgendwann schlafen", antwortet Luis belustigt, was ihm ein paar spielerische Boxhiebe gegen die Schulter einbringt, woraufhin er lacht, sich auf den Rücken dreht und mit den Händen meine beiden Hand-gelenke greift und festhält. Stille kehrt ein, in der wir uns nur in die Augen sehen, bevor ich wieder meinen Kopf senke, um ihn zu küssen. Dieses Mal erwidert er den Kuss mit einer Leidenschaft, die mir beinahe den Atem raubt. Er drückt meine Handgelenke zurück auf die Matratze, sodass er über mir liegt. Ich schlinge die Beine um seine Taille und ziehe ihn so noch näher. Erneut unterbricht er kurz den Kuss und schmunzelt: „Ruhig angehen lassen…"

„Halt die Klappe", flüstere ich lächelnd. Einen Moment lang sieht er mich noch vollkommen verträumt an. Er streicht eine Haarsträhne aus meinem Gesicht und dann kommen seine Lippen wieder zu meinen. Ruhiger diesmal und trotzdem genauso schön.

In dieser Nacht bleiben unsere Klamotten an. Und trotzdem wird nicht sonderlich viel geschlafen.


„Daran könnte ich mich gewöhnen", murmelt Luis verschlafen, als ich mich langsam bewege und damit ankündige, dass ich aufgewacht bin. Wir sind schließlich in Löffelchen-Stellung eingeschlafen und darin liegen wir noch immer. Ich fange so stark an zu grinsen, dass ich annehme, dass ich dabei rot wie eine Tomate werde. „Das wirst du auch müssen", entgegne ich dann. „Ich gehe so schnell nirgendwo hin."

Luis zieht mich noch fester an sich. „Aua", murmele ich. „Pech", antwortet er und küsst mich auf den Hinterkopf. Ich schließe wieder die Augen. Ich weiß nicht, wie es um ihn steht, aber ich bin auf Wolke sieben… oder Wolke fünfhundertachtundneunzig. Auf jeden Fall ziemlich weit oben.

„Hey du", flüstere ich, während ich mich langsam aus seinen Armen schäle, um mich umdrehen und ihn ansehen zu können.

„Hm?"

„Was sind wir jetzt eigentlich?"

Luis fängt sofort an zu lachen, aber ich sehe ihn immer noch nur fragend an, also bremst er sich wieder und streicht behutsam eine lose Haarsträhne hinter mein Ohr. „Hat es da etwa jemand eilig?", fragt er dabei.

„Ich weiß, wir…", erwidere ich, „… wir hatten noch nicht ein richtiges Date oder so. Aber ich hab nicht das Gefühl, dass wir am Anfang stehen, verstehst du? Dafür kennen wir uns schon zu lange. Und bevor einer von uns denkt, es ist ja nur Dating-Phase und da kann man sich ja noch anderweitig umschauen, dachte ich, wir legen mal direkt fest…"

„Hast du echt Angst, ich würde mich anderweitig umschauen?", unterbricht Luis mich und fängt erneut an zu schmunzeln. „Car, du solltest doch langsam verstanden haben, dass ich nur noch Augen für dich habe, seit wir das erste Mal zusammen `ne Pizza essen waren."

Ich schlucke. Irgendwie war das schon klar gewesen, ja. Und doch war es etwas vollkommen anderes, es jetzt von ihm zu hören. „Dann können wir doch auch einfach sagen, dass wir fest zusammen sind", sage ich schließlich, woraufhin Luis erneut anfängt zu lachen. Dieses Mal muss ich einsteigen. Ich kann einfach nicht anders. Trotzdem schlage ich ihn gespielt verärgert gegen die Schulter. „Was?"

Luis schüttelt bloß lachend den Kopf, senkt den Blick und küsst mich kurz. „Gar nichts", haucht er dann. „Du bist nur sowas von unromantisch. Aber direkt, wie immer. Du trägst dein Herz nun einmal auf der Zunge, das ist einer der vielen, vielen Gründe, weshalb ich mich in dich verliebt habe."

Mein Herz schlägt mir bis zum Hals. *In mich verliebt.* Natürlich wusste ich das schon. Und doch ist es ein Stück Magie, die Worte aus seinem Mund zu hören. „Ist das ein ,Ja'?", reagiere ich schließlich leise.

„Oh, entschuldige", antwortet Luis belustigt. „Hast du mich gerade gefragt, ob ich dein fester Freund sein will? Dann ja."

Ich drücke meinen Körper nach oben, presse ihn damit auf den Rücken und küsse ihn. Ich kann noch immer spüren, wie er lächelt. Mein Herz tanzt. Und ich weiß, dass ich endlich wieder lernen werde, zu lieben. Nein, mehr noch – dass ich endlich wieder lernen werde, zu *leben.*

## Kapitel 21

Mein fünftes Studiensemester läuft gut an. Die Noten für meine vergangenen Hausarbeiten und Klausuren waren wieder einmal – trotz Klinikaufenthalt – tadellos und dadurch, dass ich meinen Stundenplan im letzten Semester so vollgestopft hatte, kann er in diesem leerer bleiben. Und das bleibt er auch. Ich brauche keinen lückenlosen Terminkalender mehr, um mich am Leben zu erhalten. Ich lebe schon so. Über die Luft, die ich atme. Den Sport, den ich treibe und die Liebe, die ich spüre. Für Luis, für meine Mitmenschen, für mein Leben und am allerwichtigsten... für mich. Ich liebe mich und das zu sagen, ist weder ein Ego-Trip noch Narzissmus, sondern einzig und allein ein gesunder Lebensstil.

Ich habe es mir auf einer Liegebank auf dem Campus der Universität bequem gemacht und lasse die letzten Sonnenstrahlen des Mais auf mein Gesicht scheinen, die Augen entspannt geschlossen. Um mich herum ist es still. Und in mir auch.

Zwei Monate sind vergangen und ich glaube, mich nicht zu weit aus dem Fenster zu lehnen, indem ich sage, dass es die besten zwei Monate meines Lebens waren. Luis und ich entwickeln uns schnell. Nach der ersten Nacht zusammen, nach drei Tagen zum ersten Mal „Ich liebe dich" gesagt und ab diesem Zeitpunkt jeden Tag mindestens einhundert Mal. Nach acht Tagen, am 03.04., unser erstes Mal gehabt. Sein erstes Mal überhaupt. Mein erstes Mal mit einer Person, die mich liebt und mir das auch sagt. Wir entwickeln uns schnell, aber das ist auch einfach, wenn man sich jeden Tag sieht. Eine Beziehung mit Luis zu führen, entspricht allem, wovon ich im Leben träume. Ich bin in Sicherheit und doch noch frei. Ich kann mich hingeben und trotzdem selbstständig sein. Das ist der wohl größte Unterschied zwischen dir und ihm. Seine Ruhe ist das Yin zu meinem Yang. Ohne ihn bin ich noch immer ein Ganzes, aber zusammen sind wir heller... besser. Du hingegen warst damals ein Teil meines Mosaiks, ohne dich war ich unvollständig. Und das ist keine Liebe... das ist Folter.

„War?"

Meine Augen öffnen sich schnell. Zu schnell. Die Sonne blendet.

Da ist er wieder. Monatelang war er verschwunden und nun sitzt er wieder neben mir und sieht mich so merkwürdig an... anders als früher, irgendwie... enttäuscht?

„Nein", flüstere ich. „Du warst weg. Ich... ich habe dich überwunden."

„Hm", murmelt dein Geist. „Scheint mir nicht so." Er legt sich neben mich.

Ich atme tief durch. *Ruhig bleiben,* ermahne ich mich. *Es ist nicht wichtig, wie wir uns fühlen. Wichtig ist, wie wir*

*mit unseren Gefühlen umgehen.* „Weshalb bist du hier?",
frage ich daher ruhig.

Dein Geist sieht mich mit einem überraschten Ausdruck
an. „Weil du mich eingeladen hast."

„Ein Teil von mir vielleicht", erwidere ich. „Aber *ich* will
dich nicht. Ich bin über dich hinweg. Nur deswegen war
ich ja endlich bereit für was Neues."

„Dann ist dieser Teil in dir aber ziemlich laut."

Frustriert lasse ich mich wieder gegen die Lehne sinken.
„Aber ich bin dich losgeworden. Ich hatte mein Happy-
End gefunden."

„Glaub mir", entgegnet dein Geist leise. „Ich war nie
wirklich weg." Er macht es sich neben mir bequem und
schließt genüsslich die Augen. Seine Gestalt verschwimmt
etwas, als würden meine Gedanken ihn Stück für Stück
stärker ausblenden. Wahrscheinlich bin ich selbst schuld.
Ich habe an dich gedacht und er hat meinen Gedanken
genutzt, sich daran festgehakt und mit zurück an die
Oberfläche ziehen lassen. Aber vielleicht ist es auch
normal. Ich habe schließlich eine wirklich gute Aufphase
gehabt. Der Frühling ist unfassbar schön gewesen und nun
bewegen wir uns auf den Sommer zu. Ich bin mit Luis
zusammengekommen, von dem ich glaube, dass er es ist,
mit dem ich mein gesamtes restliches Leben verbringen
werde. Und wenn er das nicht ist, dann war er letzten
Endes immerhin doch für so viel Gutes in meinem Leben
verantwortlich und wird mir immer so in Erinnerung
bleiben. Wenn es nach einem Ab wieder ein Auf gibt, dann

muss es nach einem Auf auch wieder ein Ab geben...
oder? Also was bedeutet „Happy-End", wenn das Leben
noch gar nicht vorbei ist? *Vielleicht..., denke ich, ...werde
ich ein Happy-End in diesem Sinne nie finden. Vielleicht
ist es das, was das Leben ausmacht. Dass es eben nicht
genau im richtigen Moment aufhört und sagt ‚Sie lebte
glücklich und zufrieden bis an ihr Lebensende'.*

„Vielleicht ist das auch gar nicht schlimm." Ich zucke
leicht zusammen, als dein Geist sich wieder einklinkt und
auf meinen Gedanken eingeht. „Du bist doch schließlich
glücklich, nicht wahr?", fragt er mit hochgezogenen
Augenbrauen.

Einen Augenblick lang sehe ich ihn bloß schweigend an.
Und das noch immer ohne jede Angst. Glücklich... ich
brauche ein paar Sekunden, um über das Wort
nachzudenken, dann nicke ich langsam und sehe deinem
Geist fest in die Augen. „Du wirst versuchen, mir das
kaputt zu machen, nicht wahr?"

Dein Geist fängt an zu schmunzeln, er zuckt einmal
leichtfällig mit den Schultern und sieht mich dann mit
einer eigenartigen Mischung von Gefühlen an –
hauptsächlich Belustigung, aber auch etwas anderes, was
schwerer zu identifizieren ist... Und doch bin ich mir
irgendwie sicher, dass es Bedauern ist. „Das ist mein Job",
sagt er dann sachlich.

Ich schnaube leicht, schließe kurz die Augen und schüttele
den Kopf. *Ja,* denke ich im Stillen. *Das ist es wohl.*
Schließlich blicke ich wieder mutig auf und strecke

deinem Geist die Hand entgegen. Er zieht eine Augenbraue hoch und sieht mich fragend an. „Viel Glück", meine ich. Da lacht er auf und schlägt ein.

## *Ende*

## Nachwort und Danksagung

Die Wahrheit ist, dass mir jemand wie Car (oder eben ein Buch wie dieses) gefehlt hat, als ich genau an ihrer Stelle war. Jemand, der versteht, weshalb ich mich verhalte, wie ich mich verhalte und weshalb ich fühle, wie ich fühle. Ich kannte so jemanden nicht. Genau wie Car es nicht tat... aber jetzt habe ich sie und sie hat mich. Car ist zugänglich und spricht Dinge aus, die die meisten an ihrer Stelle in sich reinfressen – unverstanden und allein. Ich hoffe, dass sie und ihre Geschichte eine Stütze sein können, sei es als Inspiration oder auch nur als Ventil.

Cars Geschichte ist Fiktion und doch sind viele meiner eigenen Erfahrungen eingeflossen, weshalb sie unter der Sparte der Autofiktion gefasst werden muss. Namen sind natürlich geändert und Ähnlichkeiten zwischen handelnden und bestehenden Personen sind zufällig (die Ähnlichkeit zwischen Car und mir mal ausgenommen, aber auch wir sind nicht dieselbe Person. In manchen Hinsichten war ich klüger als sie; in anderen sie klüger als ich).

Danke, dass ihr Car begleitet habt. Und da so viel von mir in ihr steckt, muss ich noch etwas persönlicher werden: Danke, dass ihr *uns* begleitet habt. Denn selbst wenn es schmerzhaft ist, denke ich doch immer... es lohnt sich.

In diesem Zuge möchte ich auch allen danken, die mich beim Schreiben begleitet haben. Besonderer Dank gilt

Finnian, der sich jedes neue Kapitel direkt nach dem Schreiben von mir vorgetragen anhören musste; Fiona, die immer meine persönliche Korrekturleserin spielt (sei es nun Roman oder Hausarbeit) und Hacki, der mir bei der Formulierung des Klappentextes geholfen hat.

**Außerdem von Carolin Held bei BoD erschienen:**

Ein Gedichtband über die dunkle Gefühlswelt, über Trauer, Wut und Vergänglichkeit.

Schattenseiten enthält insgesamt knapp 30 Gedichte, die ab einem Alter von 15 Jahren gelesen werden können.